패왕전성

JN449005

DECA MEDIA

패왕전생 6

초판 1쇄 2025년 12월 24일

지은이 상현 · **발행인** 김정수 · **고문** 이종주
발행처 데카미디어 · **출판등록** 2025년 4월 17일
주소 서울시 영등포구 당산로 214 · **E-mail** tradejjang0@gmail.com
유통 · 판매 관리 (주)행운사 · **Tel** (031)901-1137 · **FAX** (031)901-4140
E-mail luckybogo222@naver.com · luckybogo222@daum.net

ISBN 979-11-7513-049-4 (6권)
ISBN 979-11-993499-9-5 04810 (세트)

ⓒ 상현, 2025

이 책의 출판권은 저자와의 계약에 의해 디앤씨미디어에 있으며 디앤씨미디어와의 출간계약으로 데카미디어에서 출간되었습니다.
저작권법에 의하여 보호를 받는 저작물이므로 무단전재와 복제를 금합니다.

6
패왕전성
상현 신무협 장편소설

차 례

1장

연무흔을 본 고혁진이 얼어붙었다.

'늦었나!'

설마 이렇게 빨리 찾아올 줄은 몰랐다.

적어도 며칠은 더 걸릴 줄 알았는데…….

아무래도 표정을 보니 연무흔은 모든 걸 알고 있는 듯했다.

아마 변명은 통하지 않겠지.

"이놈! 여기가 어디라고 행패를 부리는 것이냐!"

하지만 고혁진이 무어라 하기도 전이었다.

상단의 식객으로 머물고 있던 무인 두 명이 나섰다.

운남쌍검.

낭인의 몸으로 초절정의 자리에 오른 뛰어난 인물들로 지금은 고운상단에 몸을 의탁하고 있는 이들이었다.

평소라면 저들이 나서면 대부분의 문제는 해결될 테지만…….

"감히 고운상단에서 횡패를 부린 대가를 치르게…… 으윽!"

지금은 아니었다.

그들은 연무흔에게 달려들려다가 기겁하며 뒤로 물러났다.

순간적으로 집중된 살기가 그들을 얼어붙게 만들었기 때문이다.

"허억, 헉, 허억……."

운남쌍검은 가슴이 답답해진 건지 창백해진 얼굴로 숨을 몰아쉬었다.

그 모습을 본 다른 식객들과 상회 사람들의 표정이 굳었다.

저 두 사람은 고운상단의 전력 중 최고 고수였기 때문이었다.

한데 그런 이들을 눈빛만으로 제압하다니?

눈앞의 사내가 보통이 아니라는 건 분명했다.

"다시 묻겠다. 네가 이곳의 주인인가?"

하지만 다른 사람들이 그러든 말든, 연무흔은 고혁진을 바라보며 물을 뿐이었다.

고혁진은 반사적으로 고개를 끄덕였다.

여기서 거짓말을 해 봤자 금방 들통날 게 분명했으니까.

동시에 그는 머리를 굴렸다.

어떻게 하면 이 상황에서 가장 긍정적인 방향으로 일을 처리할 수 있을지.

답은 쉽게 나왔다.

“기다리고 있었습니다. 투신문주님!”

고혁진이 연무흔에게 가서 넙죽 허리를 숙여 인사한 것이다.

“무, 무슨!”

“상단주님!”

주변에서 경악 어린 목소리가 들려왔지만 고혁진은 전혀 개의치 않았다.

체면?

그딴 건 우선 살아남은 다음에 챙겨야 하지 않겠는가.

그리고 지금 뻣뻣하게 목을 세우고 있다간 자칫 정말로 목이 잘려 나갈 가능성이 있었다. 그러니 고개를 숙일 수밖에.

“기다리고 있었다고?”

연무흔이 어이가 없단 듯 되물었다. 그에 고혁진이 정중하게 고개를 끄덕였다.

“예. 안 그래도 저희 상단 측에서 범한 실수 때문에 큰 손해를 보시지 않았습니까? 그래서 언젠가 그 실수를 바로 잡고자 하고 있었습니다."

"실수를 바로잡는다?"

"예. 정확한 건 따로 논의해 봐야겠지만, 이번에 문주님과 귀주상연에서 입은 모든 피해를 배상하겠습니다. 또, 다시는 이런 일이 없도록 각서를 쓰겠습니다."

고혁진의 말이 청산유수처럼 이어졌다.

연무흔은 빙그레 웃으며 앞으로 한 발자국 내디뎠다.

그리고.

사아아악!

"으윽!"

고혁진은 숨을 옥죄는 살기를 정통으로 맞았다.

소름이 돋으며 몸이 사시나무처럼 떨렸지만 간신히 기절하지 않고 버티며 연무흔을 바라보았다.

"모든 피해를 배상한다고 했지. 하지만 나는 이번에 죽은 부하들의 목숨값을 받아 내러 온 것이다."

"……!"

"그러니 묻지. 너희가 뇌천궁에 귀주상연을 방해하라고 의뢰를 건넬 때, 내 부하들을 죽이라고 명령했었느냐?"

두근. 두근.

고혁진은 심장이 미친 듯이 빨리 뛰는 걸 느꼈다.

연무흔이 내뿜는 압박감이 강하게 그를 내리찍어 누르고 있었기 때문이다.

절대 거짓말을 할 수 없는 분위기.

아무리 상계에서 오래 구른 노회한 상인이라도 이런 압박감을 견디기는 쉽지 않았다.

그가 더듬거리며 입을 열었다.

"그, 그런 적은 없습니다. 다만 귀주상연의 무역을 방해하라고만……."

고혁진은 그렇게 말하며 마른침을 삼켰다.

이 대답에 연무흔이 어떻게 반응할지 짐작도 안 갔으니까.

최악의 경우 분노한 그가 단칼에 자신의 목을 베어 버릴 수 있을 것도 같았다.

하나.

"그렇군."

연무흔은 가볍게 고개를 끄덕일 뿐이었다.

"허억!"

그때가 되어서야 고혁진은 숨을 몰아 내쉴 수 있었다.

그의 몸을 짓누르던 압박감이 사라졌기 때문이다.

하지만 그렇다 하더라도 공포는 남았다. 그는 아까의 감각을 잊지 못하겠다는 듯 두려워하는 눈으로 연무흔을 올려다보았다.

연무흔은 그런 고혁진을 싸늘하게 노려보았다.

"내 부하의 죽음에는 네 죄도 크다. 직접적으로 죽인 건 뇌천궁의 잔당이지만, 간접적인 책임은 네놈에게 있지. 그러니 죽이지는 않겠지만 그 죄를 갚아 나가야 할 것이다."

"그, 그러겠습니다."

고혁진은 잔뜩 긴장하며 고개를 끄덕였다.

"우선 그 죽은 이들의 가족들이 평생 먹고 살 수 있을 만큼의 금액을 위로금으로 보내라. 또한, 이번 일로 발생한 손해의 두 배를 벌로 지불하도록. 네놈과 고운상단의 죄는 그것으로 갈음하도록 하겠다."

"두, 두 배라니요!"

깜짝 놀란 고혁진이 외쳤다.

다른 상단의 일원들도 마찬가지였다. 모두 경악스럽다는 표정으로 연무흔을 바라보고 있었다.

"앞에서 하신 말씀은 충분히 받아들일 수 있습니다. 하지만 손해의 두 배를 지불하라는 건 좀……."

물론 그 정도 가지고 고운상단이 망하지는 않을 것이다.

무려 천하십대상단의 일원이라는 이름답게 그들은 매우 부유했으니까.

하지만 이번에 귀주상연에서 입은 손해가 만만치 않다는 게 문제였다. 그걸 갚으라는 것도 아니고, 그 두 배를 갚으라니 반발이 생기는 것도 당연했다.

하지만 연무흔은 담담했다.

"그렇다면 지금 죗값을 치르겠나?"

"……!"

순간적으로 분위기가 싸늘해졌다.

만약 그러겠다고 말한다면 어떻게 될지 상상도 가지 않았으니까.

최악의 경우 연무흔이 이 자리에 있는 모두를 죽이고 상단을 불태울지도 모르는 일이었다.

솔직히 방금의 살기를 봤을 때 충분히 가능성이 있는 일이었다.

"자, 잠깐만 시간을 주십시오. 대협."

"충분히 생각할 시간은 있었을 텐데."

연무흔은 그렇게 말하며 눈매를 좁혔다.

하지만 그때였다.

"거기까지 하는 건 어떻겠소? 연 대협."

어디선가 청량한 목소리가 들려왔다.

연무흔은 서늘한 눈빛으로 소리의 주인을 바라보았다.

"흐음."

그곳에는 깨끗한 도복을 입은 열댓 명의 도사들이 도열해 있었다.

거기에 허리춤에 찬 검과 그들에게서 뿜어져 나오는 심상치 않은 기세까지.

그들이 누구인지는 말해 주지 않아도 알 수 있었다.

"점창파에서 오셨군."

연무흔의 얼굴에 미소가 떠올랐다.

반면에 상단 사람들은 놀란 표정을 지었다.

'점창파라고? 부르지도 않았는데 어찌?'

본래의 계획대로라면, 그들의 힘을 빌리기 위해 이제 사람을 보내 부탁을 할 생각이었다.

한데 부탁을 할 사람이 가기도 전에 이렇게 오다니?

상단 소속의 누가 먼저 발 빠르게 움직이기라도 한 걸까?

"이렇게 나타난 걸 보면 고운상단이 불렀나 보오?"

연무흔도 같은 생각을 했는지 빠르게 물었다.

하지만 점창파의 선두에 있던 도인은 고개를 저었다.

"그렇진 않소. 우리는 다른 이유로 산을 내려오게 된 것이니까."

"다른 이유라고 하면?"

"얼마 전에 그대와 뇌천궁 사이에 전쟁이 벌어질 것이라는 정보를 전해 들었소. 혹시라도 운남성에 큰 혈사가 벌어질까 제자들을 이끌고 온 것이오."

"그렇다면 한발 늦으셨군. 그래서 내게 죄라도 물으러 찾아오셨소?"

이미 뇌천궁과 연무흔 사이에 있던 전쟁은 끝이 났으니 말이다.

지금의 뇌천궁은 연무흔이 꼭두각시를 앉혀놓은 이름만 번지르르한 곳일 뿐.

그들은 많은 문도들이 탈주해 이제 숫자도 반 정도밖에

남지 않은 상태였다. 거기에 앞으로 투신문에게 막대한 보상금을 내뱉어야 하니 미래도 어두웠다.

저기 있는 도사들 또한 그 소식을 들었을 것이다.

그렇기에 한발 늦었다고 한 것이었고.

하지만 우두머리 도인은 고개를 저었다.

"그렇지는 않소. 비록 뇌천궁에서 혈사가 벌어진 건 안타깝지만, 그건 어느 정도 그들의 잘못이 있는 일이었으니까."

"뇌천궁이 망한 것 따윈 신경 쓰지 않겠다는 거군. 하긴 경쟁 문파, 게다가 사파였으니 그쪽 입장에선 오히려 쌍수를 들고 환영하고 싶겠어."

연무흔이 노골적으로 점창파를 비꼬았다.

그에 몇몇 점창파 도사들이 심기가 불편하다는 표정을 지었다.

"말이 심하시구려. 연 대협."

"심했다고 느꼈다면 미안하오. 하지만 내게 뇌천궁에 대한 일을 물으러 온 게 아니라면 왜 이곳에 와서 날 방해하는 거요?"

"그대가 잘못을 저지르지 않게 하기 위해서요."

"잘못이라고?"

"지금 그대는 자신의 힘으로 고운상단 사람들을 핍박하고 있었잖소. 이는 정파 무림인으로서 옳지 않은 행위요."

점창파의 도사가 마치 꾸짖듯이 말했다.

연무흔은 그제야 그들이 왜 온 것인지 알 수 있었다.

'고운상단에 빚을 지워 두려고 온 것이겠군.'.

물론 처음에는 말한 대로 뇌천궁과 투신문의 전쟁을 경계해서 내려온 것이리라.

둘의 격돌은 어쨌든 운남 무림에 큰 영향을 미칠 테니까.

하지만 이제는 상황이 바뀌었다. 연무흔이 다음 목표를 고운상단으로 잡았다는 걸 깨달은 그들은 곧바로 이곳으로 달려온 것이다.

'여기서 나를 막아주면 나중에 고운상단 측에 큰 소리를 낼 수 있을 테니 말이야.'

연무흔이 빙그레 웃었다.

"솔직히, 고운상단 사람들을 핍박하고 있는 건 사실이었소. 하지만 그대들이 뭔가 오해하는 게 있는 것 같군."

"오해라니?"

도사들이 인상을 찌푸렸다.

연무흔은 그런 그들에게 툭 내뱉듯 말했다.

"미안하지만 나는 그대들 말처럼 정파 무림인이 아니오. 그러니 정파인이 어쩌니 하는 말로 내 행동을 멋대로 가두려 하지 마시오."

"……!"

이야기를 듣던 점창파 사람들의 눈이 커졌다.

투신문이 정파 문파가 아니라니?

그건 처음 듣는 소리였기 때문이었다. 앞에 있던 우두머리가 당황하여 말했다.

"하지만 연 대협, 그대는 혈천교의 음모를 누구보다 앞서서 막아 내지 않았소? 그렇다면……."

"내가 혈천교 놈들을 좀 많이 죽인 건 사실이오. 하지만 그렇다고 내가 정파 무림인이라고 생각하는 거라면, 잘못 생각하고 있는 것이오."

연무흔은 날카로운 눈으로 그들을 바라보았다.

"물론 나나 내 투신문이 일반적인 사파나 흑도 놈들처럼 주변을 착취하면서 돈을 벌지는 않았지. 하지만 세상일이 어디 정(正)과 사(邪)로만 구분되겠소? 우리는 그런 구분에 얽매이지 않는 단체요. 그러니 이렇게 여기까지 온 것이고."

연무흔은 피식 웃고는 말을 이었다.

"따라서 정파의 법도에도 구애받을 생각은 전혀 없소. 내 말 알겠소? 알아들었다면 방해하지 않는 게 좋을 거요."

"하, 하지만 두 배는 너무 가혹하오! 고운상단이 망하면 이 지역의 상업에 큰 영향이……."

"우습군. 언제부터 점창파가 상업에 신경을 썼다고 그러시오? 그냥 솔직히 말하시오. 여기서 그냥 넘어가면 앞으로 고운상단으로부터 기부금을 받지 못할까봐 그게 걱정된다고."

"……!"

정곡을 찔린 것인지 점창파 무인들의 표정이 뜨끔한 것처럼 변했다.

하지만 그것도 잠시, 곧 분개한 우두머리가 자신의 기운을 끌어 올리며 물었다.

"투룡. 정말 그렇게 나올 생각이오?"

"못 할 건 없지. 그쪽은 보아하니 나를 막을 생각인 거 같은데 맞소?"

"그대가 계속 잘못된 길을 걷는다면 강호의 선배로서 지도를 해 줄 수밖에."

"선배의 지도라…… 하하."

가볍게 웃던 연무흔에게서 투기가 터져 나왔다.

"할 수는 있고?"

"……!"

순간 현장에 있던 모든 사람들이 얼어붙으며 긴장했다.

연무흔이 지금 내뱉은 말은 점창파 입장에선 큰 도발이었으니까.

"지금 뭐라고 했소?"

"이 건방진……!"

실제로 점창파 무인들의 반응은 격했다.

그들은 하나같이 분노해 연무흔을 노려보았다.

마음만 같아서는 당장 달려들고 싶다는 표정이었다.

하지만.

"모두 조용."

앞에 있던 우두머리가 손을 들며 말하자 그런 분위기는 싹 사라져 버렸다.

'호오.'

연무흔은 내심 감탄했다.

명령 한마디에 일사불란하게 기세를 거두는 모습은 상당히 인상깊었으니까.

그는 할 말이 있으면 해 보라는 듯 우두머리를 바라보았다.

우두머리는 차분한 목소리로 말했다.

"지금까지 내 소개를 안 했군. 나는 점창파에서 온 엽인호라고 하오. 부끄럽지만 점창삼검 중 하나라고 불리지."

"저, 점창삼검!"

반응이 터져 나온 건 고운상단 사람들에게서였다.

하지만 연무흔은 여전히 심드렁했다.

"그래서?"

"이 정도면 충분히 답이 되었으리라 생각하오만."

"웃기는군."

연무흔은 입술을 비죽 올렸다.

"고작 별호에만 의존하여 자신의 권위를 세우겠다는 건가? 점창삼검이 뭔지는 잘 모르겠지만 점창파에 인재가 없는 건 확실해 보이는군."

"……!"

연무흔의 도발에 엽인호의 얼굴이 일그러졌다.

"투룡. 나는 몰라도 내 사문을 모욕하진 마시오."

"하하. 난 점창파를 모욕한 적 없소. 그저 느낀 바를 말한 것뿐이지."

"서로의 얼굴을 봐서 좋게 넘어가려고 했는데 정녕 그렇게 나오겠다는 건가?"

엽인호의 말투가 변했다. 그러자 연무흔도 더 이상 존대하지 않았다.

"좋게 넘어가려고 했다? 웃기는군. 나와 고운상단의 문제에 갑자기 쳐들어와서 끼어든 건 너희다."

"놈……!"

"언제까지 입만 나불거릴 거지?"

연무흔은 검자루를 툭툭 쳤다.

"나를 지도한다고 하지 않았나. 불만이 있으면……."

그의 눈빛이 서늘해졌다.

"무인의 방식대로 해결해야지."

"좋다! 모두 물러나라!"

엽인호의 말과 함께 점창파의 제자들이 그의 뒤에 서서 반원을 그렸다.

마찬가지로 고운상단 사람들도 그들처럼 뒤로 물러나며 두 사람을 둘러쌌다.

사실 그들은 싸움이고 뭐고 그냥 도망치고 싶어 하는 눈치였지만 여기까지 왔는데 그럴 수는 없었다.

"투룡. 지금이라도 사과하고 물러난다면 봐주도록 하겠다."

"그 소리를 그대로 돌려주지. 지금이라도 사과하고 물러난다면 이번 일에 대해 더 이상 문제 삼지 않겠다."

"굳이 권주를 마다하고 벌주를 택하는구나!"

스릉!

엽인호의 검집에서 검이 뽑혀 나왔다.

"봐주지 않겠다!"

타닷!

엽인호는 몇 초식을 양보한다는 말도 없이 그냥 덤벼들었다.

무척이나 빠른 속도.

연무흔은 날아드는 검을 보고 반사적으로 고개를 비틀었다. 방금까지 그의 머리가 있던 곳을 엽인호의 검이 꿰뚫고 있었다.

'빠르군.'

과연 점창파에서 세 손가락 안에 꼽히는 검수라는 걸까?

솔직히 별것 아닌 것처럼 도발하긴 했지만 실력은 그리 무시할 정도가 아니었다.

아마도 뇌천궁주 이소하와 동수를 이룰 수 있을 정도로.

'사람들이 점창파와 뇌천궁의 세력이 비슷하다고 했지만, 전혀 아니었군.'

점창파 쪽이 숫자가 훨씬 적어서 그렇지, 평균적인 고수의 수준은 이쪽이 월등히 높은 듯했다.

점창삼검이라면 그에 준하는 고수가 두 명이나 더 있다는 거니까.

연무흔은 그렇게 생각하며 검을 움직였다.

채재재쟁!

부드럽게 움직인 검이 매섭게 쇄도한 검격을 막아 냈다.

"어떻게 그 나이에 이런 실력을……!"

연무흔이 감탄했다면, 엽인호는 경악했다.

그도 투신문주 연무흔의 실력이 뛰어난 건 알고 있었다.

어찌 모를 수가 있겠는가?

이 근처의 어딜 가도 뇌천궁주를 쓰러뜨린 그의 이야기가 들려오고 있었는데.

하지만 엽인호는 내심 조력자가 있거나 소문이 과장되었다고 생각했다.

그의 상식으로는 아직 후기지수 나이에서 벗어나지도 못한 이가 혼자서 뇌천궁주를 잡는 건 불가능했기 때문이었다.

하지만…….

'직접 검을 맞대 보니 알겠다.'

군더더기 하나 없는 움직임에 적절한 힘 배분. 뛰어난 안력과 어디로 올지 다 알겠다는 듯 예측하는 경험까지.

상대는 뭐 하나 부족한 게 없는 무인이었다.

나이를 빼고 봐도 감탄할 만큼 뛰어난 수준의 고수였고, 나이를 생각하고 보면 비현실적으로 느껴질 정도의 괴물이었다.

'어떻게 이런 자가 존재할 수 있지?'

강한 의문이 들었지만 그렇다고 그 생각에만 팔려 있을 수는 없었다.

전투가 이어지고 있었기 때문에.

하지만 둘 다 전력은 아니었다.

엽인호는 일단 방어하는 연무흔과 힘싸움을 하다 살짝 거리를 벌렸다.

돌연 그가 고개를 숙였다.

"투룡, 방금까지의 무례를 사과하겠소."

"사, 사숙!?"

"어찌 그런 말씀을……!"

엽인호의 말에 뒤에 있던 제자들이 놀라 소리쳤다.

하지만 그러거나 말거나 엽인호는 계속해서 말을 이어 나갔다.

"확실히 그대는 내가 지도하니 뭐니 할 수 없을 정도의 고수였구려."

"나 또한 점창파를 무시했던 걸 사과하도록 하지."

연무흔도 마주 고개를 숙이며 사과를 받았다.

"점창파에 인재가 없는 게 아니었어. 당신 같은 뛰어난 무인이 있는데 그런 소리를 할 수 없지."

"칭찬 고맙소."

"나야말로."

언뜻 보면 두 사람은 서로를 칭찬하며 의기투합한 걸로 보였다.

하지만 구경하던 이들의 면면은 더욱 새하얗게 질렸다. 그들에게서 내뿜어지는 투기는 아까보다 훨씬 짙어졌기 때문이다.

"그런 의미에서 이제 제대로 해 보지 않겠소?"

"좋지."

"화끈하시군. 시작하겠소."

엽인호의 검이 번쩍였다.

좌학!

"……!"

연무흔은 자신의 어깨에 옅은 자상이 생겨났다는 것을 깨달았다. 만약 본능적으로 몸을 움직여 피하지 않았다면 어깨가 통째로 날아갔을 법한 쾌검이었다.

"사일검법인가."

점창파의 상징이자 천하에서 가장 유명한 쾌검.

그것이 엽인호의 손에서 펼쳐지고 있었다.

어중간한 태도로 맞선다면 온몸이 난도질당하리라.

'그렇다면…….'

쿠구구구구궁!

그 순간 연무흔의 주변에 짙은 기의 갑옷이 생겨났다.

순수하게 검술로만 겨루고 있던 그가 투신갑을 꺼내든 것이었다.

연무흔은 활짝 웃으며 오행변화결의 목(木)기를 운용했다. 투신갑의 기운이 상처를 감싸며 순식간에 상처에 딱지가 생겨났다.

"하압!"

쵀자작!

하지만 그러거나 말거나 엽인호의 맹공이 이어졌다.

과연 날카롭고 눈으로 쫓기도 힘들 만큼 빠른 공격이 이어졌다.

연무흔은 검을 맞대는 대신 자신의 장기를 이용했다.

회천.

"……!"

쿠콰콰콰쾅!

투신기가 용솟음치며 날카로운 예기가 사방을 휩쓸었다. 엽인호는 자신의 전신을 난도질하는 예기에 놀란 표정을 지었다.

그가 다급히 자세를 바로잡고 공격을 이어 나가려고 했지만.

단천.

이어지는 건 무극신검의 초식을 비튼 일격이었다.

콰앙!

굉음과 함께 엽인호의 몸이 튕겨 나가 바닥을 굴렀다.

"사, 사숙!"

"이게 무슨……."

그 모습을 지켜보던 점창파 무인들의 입이 쩌억 벌어졌다.

점창파 안에서도 세 손가락 안에 드는 검객인 엽인호가 이렇게 밀리다니?

솔직히 믿기지가 않았기 때문이다. 하지만 이건 엄연한 진실이었다.

"하……."

겨우 자리에서 일어난 엽인호 또한 탄식인지 뭔지 모를 소리를 내뱉었다.

그는 너덜너덜하게 된 몸을 이끌고 자세를 잡았다.

"계속 할 생각이오?"

"아직 끝나지 않았으니까."

"그런가."

연무흔 또한 자세를 잡았다.

잠시간의 정적이 있은 후.

엽인호가 앞으로 튀어나오며 검을 내질렀다.

후예사일(后羿射日).

사일검법의 절초이면서도 가장 위력적인 초식이 펼쳐졌다.

연무흔은 잠시 고민에 빠졌다.

딱 봐도 심상치 않은 위력의 공격이다.

이것을 피해야 할까?

'아니야.'

피하려고 드는 순간 자신은 후예의 화살에 맞은 태양처럼 그대로 관통되리라.

그렇다면 답은 하나밖에 없었다.

정면에서 깨부수는 것!

쿠우우웅!

내디딘 진각이 커다란 땅울림을 일으켰다.

연무흔은 투신기를 끌어 올리며 자신의 심장을 향하는 검을 쳐 냈다.

검과 검이 부딪치고 충격파가 일었다.

공격이 막힌 엽인호의 눈이 휘둥그레졌다.

연무흔은 그 사이를 놓치지 않고 장법을 뻗었다.

격공장.

콰아앙!

"커헉!"

굉음과 함께 엽인호의 몸이 튕겨 나갔다.

그는 몇 바퀴나 바닥을 구른 다음 겨우 멈춰 섰다.

숨 막히는 정적이 내려앉았다.

"……."

엽인호는 덜덜 떨리는 손으로 바닥을 짚고 겨우 일어났다.

구경꾼들은 숨도 쉬지 못하고 그 모습을 지켜보았다.

연무흔 또한 잠시 여유를 둔 채 그가 완전히 일어날 때까지 기다려 주었다.

비로소 완전히 엽인호가 일어났을 때, 연무흔이 물었다.

"계속하겠소?"

아까와 똑같은 질문.

"아니오. 내가 졌소."

하지만 대답은 달랐다.

"아!"

지켜보던 점창파의 무인들 사이에 탄식이 터져 나왔다. 그들은 믿을 수 없다는 눈으로 두 사람을 번갈아 쳐다보았다.

점창파가 자랑하던 삼검 중 하나가 고작 서른 살도 되지 않은 적에게 패배한 것이다.

그들 입장에선 보고도 제대로 믿겨 지지 않았다.

"그렇다면 점창은 이제 이번 일에서 빠지겠다는 거군."

"그건……!"

엽인호의 눈에 갈등이 떠올랐다.

여기서 그렇다고 하면 점창파에겐 큰 손해로 돌아올 수도 있었으므로.

하지만 이미 비무에서 진 이상, 자신의 힘으로 할 수 있는 건 아무것도 없었다.

아예 점창파 자체의 위세를 이용해서 연무흔을 압박하는 방법도 있었지만…….

'과연 그런다고 눈앞의 투룡이 굴복할까?'

아니, 오히려 그는 잘됐구나 하고 점창파 전체와 대적할 인물이었다.

솔직히 말해서 어지간한 협박은 안 하느니만 못하다는 생각이 들었다.

그리고 만약 점창파와 투신문이 진심으로 싸우게 된다면?

'지금은 비무로 끝났지만 다음에도 그럴 수 있을까?'

어쩌면 큰 피가 흐르게 될지도 몰랐다. 이기든 지든, 점창파에는 큰 피해가 돌아오리라.

자칫 잘못하면 봉문을 선언하게 될지도 모른다.

하지만 그렇다고 점창파에 매년 거액의 기부금을 지불하는 고운상단을 내버려 둔다?

그렇게 되었다간 점창파의 신뢰가 땅으로 떨어지리라.

그야말로 이러지도 저러지도 못하는 상황.

하지만 그가 무어라 말을 하기도 전이었다.

"투신문주님의 뜻대로 하겠습니다."

고운상단주 고혁진이 먼저 나서며 그렇게 말했다.

“사, 상단주님?”

“진심이십니까?”

“닥쳐라! 이미 결정한 것을 가지고 왈가왈부하지 마라.”

깜짝 놀란 수하들이 주변에서 말렸지만 그의 태도는 변하지 않았다.

분위기를 보아할 때 아무리 봐도 점창파가 그들을 지켜 줄 수 있을 것 같지는 않았기 때문이었다.

그렇다면 차라리 연무흔의 요구조건을 받아들여서 안전을 보장받는 게 더 나았다.

다만…….

“하나 저희도 융통할 수 있는 금액의 한계가 있어서 바로 전액을 배상하지는 못할 것 같습니다. 대신 이것을 드릴 테니 몇 차례에 나누어 배상을 해도 괜찮겠습니까?”

그는 그렇게 말하고 수하를 시켜 뭔가를 가져오게 했다.

그러곤 그것을 받아 공손하게 내밀었다.

“이건?”

목패 하나를 전해 받은 연무흔이 고개를 갸웃했다.

고혁진이 담담한 얼굴로 말했다.

“신의의 각패입니다.”

“신의?”

연무흔의 얼굴에 흥미가 서렸다.

신의라고 하면 당대 가장 뛰어난 의원을 칭하는 말이었다.

마치 패왕시절의 만사신의를 칭하는 것처럼.

한데 그런 사람의 각패를 그냥 준다니?

"고작 대금 지불을 미루어 달라고 주는 것치고 대단한 물건인 것 같은데. 진짜가 맞소?"

이게 만약 정말 신의의 각패라면, 배상금을 전부까지는 아니더라도 어느 정도 탕감해 줄 만한 귀물이었다.

그런데 이런 것을 턱하니 내놓는다는 게 이해가 가지 않았다.

그 말은 즉, 가짜일 가능성도 충분히 있다는 뜻.

연무흔은 추궁하는 눈빛으로 고혁진을 바라보았다. 움찔한 고혁진이 마치 변명하듯 대답했다.

"이, 이건 정말 신의의 각패가 맞습니다. 오해하지 말아 주십시오."

"그렇다면 왜 이런 귀한 걸 그냥 주는 것이오?"

"그건……."

"솔직히 말하는 게 좋을 거요."

연무흔은 그렇게 말하며 표정을 굳혔다. 거짓말을 한다면 그냥 넘어가지 않겠다는 표정이었다.

한숨을 쉰 고혁진이 대답했다.

"사실은…… 그걸 사용하는 데 사소한 문제가 있어서 드린 겁니다."

"사소한 문제?"

"신의가 마지막으로 강호에 모습을 드러낸 건 십 년 전이었소."

대답한 건 점창파의 엽인호였다.

그에 고혁진이 놀란 눈으로 그를 바라보았지만 엽인호는 개의치 않았다. 그는 각패를 바라보며 설명을 이어 나갔다.

"원래 중원 곳곳을 돌아다니며 왕성하게 활동을 이어 나가는 사람이었는데…… 십 년 전부터 소식이 뚝 끊기고 말았지. 지금은 어디 있는지, 아니 죽었는지 살았는지도 모르오."

"호오."

연무흔이 미소를 지으며 고혁진을 바라보았다.

"그렇다면 나한테 쓸모없는 쓰레기를 던져 주면서 자비를 구한 거요?"

"그, 그런 건 절대 아닙니다!"

고혁진이 다급하게 소리쳤다.

"십 년간 소식이 없다고 하나 신의가 죽었는지 살았는지는 아직 모르지 않습니까? 지금도 어디선가 의원 일을 하고 있을 수도 있고 말입니다."

"……."

"설령 신의가 죽었다고 해도 그 제자나 신의의 혈족은

남아 있지 않겠습니까? 그들에게 이 각패를 보여 준다면 분명 도움이 될 수 있을 겁니다."

"확실히 틀린 말은 아니군."

연무흔은 고개를 끄덕였다.

'사실 받지 않아도 되긴 하지만…….'

신의 정도 되는 사람의 각패다. 받아 두면 언젠간 쓸 일이 생기리라.

연무흔은 잠시 고민하다 말했다.

"좋소. 다만 오 년이오. 그 이상으로 기한을 늘려줄 수는 없소."

"그 정도면 충분합니다."

고혁진이 고개를 숙이며 말했다.

"다만, 저희도 부탁이 하나 있는데 들어주시겠습니까?"

"부탁은 방금 했잖소?"

"이건 배상금의 변제와는 다른 일에 대한 부탁입니다. 투신문주님께도 전혀 손해 보는 일은 아닐 겁니다."

"흐음. 무엇이오?"

"저희도 귀주상연에 합류하고 싶습니다."

"……!"

연무흔은 꽤 의외라는 듯 고혁진을 바라보았다.

"천하십대상단씩이나 되는 고운상단이 상연에 합류한다고?"

"이대로 상연과 무역로를 두고 다투다 보면 십대상단 자리에서 내려와야 할 것 같아서 드리는 말씀입니다. 그럴 바엔 차라리 하나가 되는 게 낫지요."

"내부에서 반발이 심할 텐데."

실제로 고운상단의 사람들은 대부분 불쾌한 표정이거나 탐탁지 않은 표정을 짓고 있었다.

하지만 고혁진은 담담했다.

"상단의 주인은 접니다. 방향을 정하는 사람도 저지요."

"흐음."

연무흔이 재미있다는 듯 웃었다.

솔직히 무슨 꿍꿍이인지는 물어보지 않아도 알 수 있었다.

'내부에서부터 상연을 장악할 생각이군.'

그래서 고운상단이 상연의 중추가 될 수 있도록 말이다.

끝내는 점점 밀려 나가는 지금의 신세에서 벗어나 최후의 승리자가 되려고 하는 것일 터.

'그렇다면 막아야 하나?'

하지만 그렇다기엔 고운상단이 합류함으로서 얻는 이점이 굉장히 많았다.

우선, 남만과 운남을 잇는 무역로 전체를 장악하게 된다는 실리.

거기에 막대한 자금과 인맥, 십대상단이 들어왔다는 상징성까지.

연무흔으로서는 거절할 이유가 없었다. 설령 그들이 다른 마음을 가졌다고 해도 충분히 제어할 자신이 있었고 말이다.

"좋소. 하지만 귀주상연 측에서 그걸 허락할지는 모르겠군."

"귀주상연의 주인은 투신문주님 아니었습니까?"

"뭔가 오해를 하고 있군. 우리는 단지 그들을 보호해 주고 모은 구심점일 뿐이오."

물론 영향력을 끼치려면 얼마든지 끼칠 수 있지만 연무흔은 일부러 그 소리를 하지 않았다.

"그대들의 뜻은 알았소. 추후에 자리를 만들어 보도록 하지."

'남은 일은 신종산이 알아서 처리해 주겠지.'

지금은 귀주상연의 련주를 맡고 있는 그라면 투신문에 이익이 되게 충분히 잘해 줄 것이다.

"그럼 가 보겠소."

연무흔은 그렇게 말하며 고운상단을 떠났다. 그가 향한 곳은 뇌천궁이었다.

뇌천궁의 귀빈실에서 반나절 정도 머무르다 보니 하연

우를 비롯한 무림맹 사람들이 도착했다.

"연우야. 왔느냐?"

"주군!"

하연우는 원망 반 기쁨 반이 섞인 목소리로 연무흔을 불렀다. 한걸음에 달려온 그는 연무흔을 향해 질책하듯 말했다.

"너무 무모하셨습니다. 주군께서 혼자 가셨다가 잘못되기라도 하셨다면 남겨진 저희 입장은 어떻게 되겠습니까?"

"하하. 미안하구나. 하지만 결과적으로 잘되지 않았느냐."

이미 이쪽으로 이동하면서 어떻게 된 일인지 대략적인 소문을 들은 하연우였다.

그는 살짝 넋이 나간 표정으로 뇌천궁의 풍경을 눈에 담았다.

지금은 많은 문도들이 탈주해 전력이 확 줄었다지만 본래는 거의 수백, 아니 천 이상의 문도들이 있었다고 한다.

그런데 그런 곳에 혼자 쳐들어가 궁주의 목을 베었다니.

'대체 주군께서는 얼마나 강하신 거지?'

새삼 그런 생각이 들었다.

그리고 그건 함께 온 무림맹 사람들도 다르지 않았다. 특히 뇌천궁의 악명을 들어 보았던 언지황은 더욱 놀랐다.

'저번에 투신문주와 부딪치지 않기를 잘했어.'

만약 그랬다간 정말 어떻게 되었을지 몰랐다.

최악의 경우 죽었을 거고, 운이 아주 좋았어도 어딘가

멀쩡하지 못했을 터.

그는 이마에서 흘러내리는 식은땀을 닦았다.

연무흔은 의아하다는 듯 언지황을 바라보았다.

"연우는 그렇다 치고. 언 대협, 그대들은 왜 온 것이오?"

"투신문주. 그대를 말리려고 온 걸세. 이 정도 인원으로 뇌천궁에 쳐들어가는 건 미친 짓…… 이라고 생각했으니까."

"하지만 아니었지."

연무흔이 씨익 웃었다.

"그리고 그대들이 온다고 해도 내 결정은 딱히 변하지 않았을 텐데?"

"지원군은 못 되어도 중재할 만한 세력을 끌어들이려고 했지."

"점창파?"

"일단은 그렇다네. 그대는 그들이 누구 편을 들지 모른다고 했지만, 구파일방이라는 체면상 중재는 했을 테니까."

"그렇긴 했겠지. 확실히 그런 의도로 움직이긴 했더군."

"뭐? 이미 점창파가 나섰단 말인가?"

"그렇소. 정확히 말하자면 다 끝난 다음에 고운상단에서 나타나더군."

연무흔은 그렇게 말하고 지금까지 있었던 일을 간략하게 설명해 주었다.

설명을 들은 일행의 얼굴에 경악이 서렸다.

'점창삼검이라고?'

연무흔은 대수롭지 않게 말했지만 그 이름의 무게감은 보통이 아니었기 때문이다.

한데 그중 한 명을 가볍게 쓰러뜨렸다니…….

'투신문주는 가는 곳마다 전설을 만드는구나.'

이 정도면 구전으로 내려오는 영웅담의 주인공이라고 해도 믿길 정도였다.

무림맹 일행이 그런 생각을 하고 있을 때 연무흔이 작게 미소 지었다.

"어쨌든 와 줘서 고맙소. 나를 생각해서 이렇게 와 줄 거라곤 생각 못 했는데."

"꼭 그대만을 위한 건 아니었네. 아직 어린 이 친구를 혼자 보내기도 뭐 했고……."

언지황의 변명 아닌 변명에 연무흔이 피식 웃었다.

물론 다른 목적이 있다는 것쯤은 알고 있었다. 하지만 그렇다 해도 이렇게 위험한 곳에 온 것은 그들의 의지였다.

"앞으로 어떻게 할 생각인가? 이미 이곳에 온 목적은 이루었잖나."

죽은 부하들에 대한 복수.

그리고 본보기를 보이는 것.

연무흔은 뇌천궁을 박살 내고 고운상단에 막대한 배상금을 뜯어내는 걸로 목적을 달성했다.

덤으로 명성도 드높였고 운남 지역에 대한 영향력도 키웠으니, 이곳에서 챙길 건 다 챙겼다고 볼 수 있었다.

'하나만 빼고 말이지.'

"조금만 더 머물다 돌아갈 생각이오. 뇌천궁에서 쓸모 있는 것들을 추려 가져갈 것들을 골라야 하기도 하고."

"뇌천궁에서 말입니까? 그런 짓을 하면 저들이 가만히 있겠습니까?"

하연우의 말에 연무흔이 피식 웃었다.

"그걸 용납 못할 놈들은 다 내 손에 죽거나 도망갔다. 남은 건 죽음이 무섭거나 혹은 먹다 남은 뇌천궁의 자원을 노리는 승냥이들, 혹은 이걸 기회로 삼아 내 밑으로 들어오고 싶어 하는 녀석들밖에 없지."

즉, 뇌천궁의 재물에 손을 대도 별 탈이 없다는 뜻이었다. 애초에 전부를 가져갈 것도 아니었고.

"참고로 뇌천궁은 오늘부로 투신문의 산하 조직이 되어 나를 주인으로 모시기로 했다. 이렇게까지 할 생각은 없었는데 저쪽에서 먼저 제안해 오더군."

하긴 당연한 일이었다.

지금의 뇌천궁은 이빨 빠진 호랑이나 다름없는 상태였으니까.

아무리 한때 점창파와 운남 지역을 양분하는 세력을 가졌다는 평을 받던 곳이라고 하나, 지금은 이미 퇴물이 되어 버린 상황이다.

그러니 주변의 맹수들에게 물어뜯기지 않기 위해서는 강력한 보호자가 필요할 터.

남은 뇌천궁도들에게 그 보호자는 바로 연무흔이었다. 그러니 자발적으로 그의 발아래 고개를 숙이고 보호를 요청한 것이다.

연무흔의 입장에서는 거절할 이유가 없었다.

“이런 이유로, 이곳에선 편하게 지내도 된다. 그대들도 내 손님이니 편하게 있으시오.”

연무흔의 말에 하연우와 무림맹 사람들이 경악했다.

어쩐지 제 집처럼 뇌천궁에서 기다리고 있던 게 이상했는데…….

‘설마 이런 속사정이 있었을 줄이야.’

물론 진심으로 충성하지는 않겠지만, 뇌천궁도들이 합류함으로써 투신문의 전력은 이제 칠팔백 명에 달하는 수준이 되었다.

어지간한 대문파와 비교해도 꿇리지 않는다는 소리.

하연우는 거의 눈물이라도 흘릴 듯 감격스러운 표정으로 연무흔을 바라보았다.

그가 처음 투신문에 합류했을 땐 문도가 열을 넘지 않았는데…….

이렇게 문파가 강해지니 감회가 새로웠기 때문이다.

아마 이 소식을 듣는다면 초창기 문도들은 다들 비슷한 감상을 느끼리라.

"주군께 평생 충성을 바치겠습니다."

"그래. 그래."

연무흔은 갑작스러운 충성 맹세를 웃으며 넘겼다. 그는 하연우의 어깨를 두들겨 주고 명을 하나 내렸다.

"연우야. 너는 뇌천궁의 창고로 가서 어떤 걸 가져갈 수 있을지 한 번 고민하고 정리를 해 봐라. 너무 많이는 말고, 우리가 필요한 만큼."

"명을 받들겠습니다."

"그래. 그동안 나는 다른 할 일이 있으니 시간은 넉넉하게 주마."

"다른 할 일이라니?"

언지황이 묻자 연무흔이 빙그레 미소를 지었다.

"사정이야 어쨌든, 지금까지 뇌천궁에 남은 사람들은 내 밑으로 들어온 사람들이지 않소. 그러니 책임을 져야지."

"책임?"

"만약 내가 아무것도 하지 않고 재산만 털어서 떠난다면 뇌천궁은 반년도 지나지 않아 사라지고 말 것이오. 기껏 얻은 부하들인데 그럴 순 없지. 그러니 나는 그들에게 이유를 만들어 줄 생각이오."

"이유라고 하면……."

"한때 적이었던 내게 충성할 만한 이유 말이오."

연무흔은 그렇게 말하고 씨익 웃었다.

2장

그 후 연무흔은 뇌천궁의 장서각에 틀어박혀 며칠을 보냈다.

'하나같이 꽤나 쓸 만한 무공들이군.'

이소하를 상대할 때도 느꼈지만 뇌천궁의 무공은 훌륭했다.

과거 패왕 시절에 만났던 뇌신의 무공만큼은 아니지만 그래도 뇌기를 적절하게 이용할 줄 알고 무공에 녹여 냈으니까.

만약 연무흔이 오행변화결 중 토의 기운을 사용하지 못했다면 싸움은 훨씬 더 힘들어지지 않았을까?

'뇌기는 그만큼 강력한 힘이니 말이지.'

다만 그만큼 위험도 있었다.

바로 자신을 다치게 할 수도 있다는 것.

그렇기에 연무흔은 장서각에 틀어박혀 있는 동안 그 부작용을 최소화하기 위해 노력해 보았다.

결국 사람이 어떻게 쓰냐의 차이긴 하지만, 무공을 익히는 단계에서부터 조금 더 안전하게 만들 수도 있었기 때문이다.

그렇게 며칠이 지났다.

연무흔은 아직 뇌천궁에 남아 있는 궁도들을 전부 집합시켰다.

"……."

그들의 분위기는 긴장, 그 자체였다.

이미 뇌천궁이 연무흔의 밑에 들어간 것은 다들 알고 있었지만…….

그렇다고 이렇게 전원을 모을 이유는 상상이 가지 않았기 때문이다.

"자네 혹시 무슨 일인지 아나?"

"모르겠습니다. 형님은 아십니까?"

"그럴 리가. 나는 그냥 투신문주가 며칠 머물다가 떠날 줄 알았는데……."

"설마 무슨 일이라도 시키려는 건가?"

웅성거리는 소리가 곳곳에서 들려왔다.

그 순간이었다. 연무흔이 임시로 설치한 커다란 단상 위로 올라온 것은.

"……."

그가 단상 위에 서자 밑에 있던 이들의 목소리는 쥐 죽은 듯 조용해졌다.

혹시라도 떠들었다간 무슨 벌을 받을지 몰라서였다.

그런 분위기 속에서 연무흔이 입을 열었다.

"우선 그대들에게 떠나지 않고 남아 줘서 고맙다는 말을 하고 싶군."

"……!"

갑작스러운 발언에 그 자리에 있던 뇌천궁도들이 놀란 표정을 지었다.

고맙다니?

이전에 있었던 이소하에게는 절대로 듣지 못했던 말이었기 때문이었다. 설마 새로운 주인에게 저런 소리를 들을 줄은 몰랐다.

"그냥 망해 버린 뇌천궁을 버리고 다른 곳으로 가 버릴 수도 있었을 텐데 말이야. 이렇게 남아 있어 줘서 다시 한 번 감사를 표하겠다."

하지만 그러거나 말거나 연무흔은 계속해서 말을 이어 갔다.

"그대들과 나는 적으로 처음 만났지만 이제 우리는 한 식구다. 그대들이 떠나지 않고 남아 있어 주었으니 그 끈은 더욱 단단해졌지. 따라서 나는 그대들에게 작은 보답을 하려고 한다."

'보답?'

이야기를 듣던 뇌천궁도들의 머릿속에 의문이 떠올랐다.

대체 어떤 보답을 말하는 걸까?

그들은 곧 그 보답의 정체를 알 수 있었다.

"그대들이 본래 받았어야 할 석 달 치 월봉이다. 지금부터 맨 앞줄에 있는 사람들부터 나누어 줄 테니 주머니를 받은 사람들을 한 번 열어 확인해 보도록."

"……!"

주머니 속에는 정말로 은전이 묵직할 정도로 들어 있었다.

남아 있던 뇌천궁도들은 침을 꿀꺽 삼켰다. 설마 이런 큰돈을 한 번에 받을 수 있을 줄은 몰랐기 때문이다.

'원래는 밀리는 경우도 부지기수였는데.'

'월봉에 장난을 치는 경우도 많았고.'

'한데 이걸 그냥 보답 목적으로 준다고?'

하지만 그들의 놀라움은 거기서 끝나지 않았다. 연무흔의 말이 계속 이어졌기 때문이다.

"이어, 나는 본래 그대들에게 금지되었던 장서각의 일층을 개방하도록 하겠다. 이제부터 원하는 자들은 누구나 뇌천궁의 무공을 익힐 수 있을 것이다."

"무, 무슨!"

누군가 너무 놀라 소리쳤다.

지금까지 일반 문도들에겐 뇌천궁의 장서각이 개방되지 않았기 때문이다.

장서각에 들어갈 수 있는 건 오직 간부, 혹은 공을 세운 사람들뿐.

한데 그것을 이제 자유롭게 개방한다고 한다. 오히려 방금 받은 석 달 치 월봉보다 이쪽을 더 좋아하는 사람도 많았다.

'당연한 일이지.'

연무흔은 빙그레 미소 지었다.

'무인은 결국 뛰어난 무공에 목숨을 거는 존재니까.'

그런 무인들에게 이렇게 무공을 베푼다는 것 자체가 큰 은혜를 입히는 거나 다름없었다.

실제로 많은 수의 뇌천궁도들이 초롱초롱한 시선으로 자신을 바라보고 있었다.

이미 반 이상 넘어온 것이나 마찬가지인 상황.

연무흔은 그들을 보고 마지막으로 말했다.

"그리고 지금 뇌천궁을 지탱하고 있던 간부들과, 앞으로 공을 세우는 자들에게는 영약이 지급될 것이다. 간부들은 앞으로 나와서 뇌청단 하나씩을 받아 가도록."

"여, 영약!"

석 달 치 월봉과 일반 궁도들에게 장서각을 개방한다는 말에 뚱해 있던 간부들이 입을 벌렸다.

그럴 수밖에 없었다.

영약이라니?

그것은 어지간히 공을 세운다고 해도 받지 못하는 경우가 많던 귀한 물건이기 때문이다.

특히 뇌천궁에서 만들어지는 영약은 이소하와 그의 혈족들이 독식했다.

그래서 다른 일반 간부들의 불만이 쌓여 있었는데…….

"저, 정말 뇌청단이다."

영약을 받은 간부 열두 명 중 하나가 포장되어 있던 함을 열어 보고 중얼거렸다.

물론 고급 영약은 아니었다.

뇌청단은 영약 치곤 만들기도 비교적 어렵지 않고, 취한다 하더라도 고작 오 년 정도의 공력밖에 늘려 주지 않았으니까.

하지만 그래도 영약은 영약이었다. 일반 문도들의 부럽다는 시선이 그들에게 꽂혔다.

동시에 그들의 머릿속엔 한 가지 의문이 들었다.

투신문주는 갑자기 왜 이런 걸 퍼 주는 걸까?

이렇게 주다가는 남는 게 없을 텐데 말이다.

'남는 게 없기는.'

연무흔은 무슨 생각을 하는지 다 알겠다는 듯 빙그레 미소 지었다.

사실 그는 이미 투신문에 가져갈 무공서 필사본과 영약 절반을 이미 전부 챙긴 상태였다.

이만큼을 주고도 충분히 재고가 남았다.

'이소하는 쓸데없이 영약을 만들어 놓고 제대로 쓰고 있지 않았던 것 같으니까.'

아마도 훗날을 위한 준비 같은 게 아니었을까?

물론 그 준비는 자신이 홀라당 빼어 먹어 버렸지만 말이다. 그래도 반 정도는 자기 궁도들에게 들어갔으니 억울하진 않으리라.

연무흔은 그런 생각을 집어넣은 채 근엄한 목소리로 말했다.

"이것은 투신문에 협력하기로 마음먹고 이곳에 남은 그대들을 위한 선물이다. 고마움의 의미로 주는 것이지."

단지 고맙다고 주는 것치고는 엄청난 수준의 선물이었지만 연무흔은 그 점을 굳이 강조하지 않았다.

자신이 말하지 않아도 알고 있을 게 분명했기 때문이다.

"하지만 이걸로 끝이 아니다. 만약 그대들이 내게 충성하고 공을 세운다면, 앞으로도 이런 선물은 계속 이어질 것이다. 내 이름을 걸고 장담하지."

꿀꺽.

누군가 침을 삼켰다.

저 말은 계속 투신문의 밑에 붙어 있기만 한다면 주기적으로 이런 선물을 얻을 수 있다는 것과 다르지 않았으니까.

괜히 연고도 없는 다른 사파 문파를 찾아 이동하거나 할 필요도 전혀 없다는 뜻이었다. 여기 있기만 하면 원래보다 좋은 대접을 받는데 왜 문파를 옮기겠는가.

"내가 그대들에게 요구하는 것은 단 하나밖에 없다. 나와의 신의를 지키고 배신하지 않는 것. 오직 그것만을 지키면 그대들은 이전과도 비교할 수 없는 성세를 누리게 될 것이다."

연무흔은 그렇게 말하며 빙그레 웃었다.

"내가 할 말은 여기까지다. 앞으로 잘 부탁하지."

"충성을 다하겠습니다!"

새로이 뇌천궁주가 된 전 금뢰단주가 선창하자 나머지 궁도들도 한 박자 늦게 외치며 예를 취했다.

연무흔은 고개를 끄덕이고 단상에서 내려왔다.

이제 한동안 뇌천궁이 배신할 일은 없으리라.

그 이후에도 연무흔은 바로 뇌천궁을 떠나지 않았다.

수련을 하는 궁도들의 무공을 봐주고, 또 뇌천궁에 얽힌 여러 일 처리를 해야 했기 때문이다.

하지만 그것도 이제는 끝.

솔직히 이제는 당장 돌아가도 괜찮을 정도였다.

하지만…….

'이제 슬슬 다녀와야겠군.'

아직 연무흔의 볼일은 끝나지 않았다.

그는 새벽에 옷을 차려입고 나와 어딘가로 향했다. 아직 자고 있던 하연우에게는 나흘 내로 돌아온다는 서신을 남긴 채였다.

그가 향하는 곳은 바로…….

'패왕이 숨겨 놓은 안가.'

이전 취기옥을 얻은 곳이랑 비슷한 목적으로 만든 곳이었다.

패왕은 중원 곳곳에 이런 진법으로 숨긴 안가를 설치해 놨고, 그중 하나는 바로 이곳 운남 지역에 있었다.

'부하를 보내지 않고 이곳에 직접 온 이유가 바로 이것이었으니까.'

근처를 지나갈 기회가 없다면 모를까?

연무흔은 자신이 숨겨 둔 보물을 가만히 놔둘 생각이 없었다. 우선 있는 건 있는 대로 전부 회수해서 다시 사용할 생각이었다.

'취기옥도 지금 투신문에서 잘 활용하고 있으니.'

심지어 여기 숨겨져 있는 보물은 취기옥보다 귀한 물건이었다.

만약 그 존재가 알려지면 무림에 피바람이 불 수도 있을 정도로.

그러니 연무흔은 이곳에 온 이상 무슨 일이 있어도 그걸 회수할 생각이었다. 물론 수백 년의 세월이 지났는데 멀쩡히 있다면 말이다.

'서둘러서 가면 이틀이면 도착하겠어.'

연무흔은 바쁘게 움직여 숨겨 둔 안가가 있는 쪽을 향해 이동했다.

다행히 운남 지역의 안가와 뇌천궁 사이의 거리는 그리 멀지 않았다.

그런데…….

'음?'

그는 어느 순간부터 누군가 자신을 따라오며 감시하고 있다는 것을 느낄 수 있었다.

'누구지?'

뇌천궁의 잔당일까?

아니, 그렇다기에는 행동이 조심스럽고 은신과 추적술의 수준이 꽤 높았다. 마치 전문적으로 훈련을 받은 살수 같았다.

'지금 잡아 죽이는 것도 좋겠지만…….'

연무흔은 굳이 그러지 않았다.

어차피 자신을 감시할 만한 녀석들이라고 해 봤자 후보

가 뻔했고, 앞으로 그들은 자신을 제대로 쫓지도 못할 게 분명했으니까.

이유는 바로 그가 가려던 곳의 진법에 있었다.

'역시 이곳도 아직 무사하군.'

연무흔은 백련산이라고 이름 붙은 한 산을 올라가며 그렇게 생각했다.

이곳에 설치된 진법은 이전에 귀주에서 파훼했던 진법처럼 사람들의 방향감각을 저해하는 효과를 가지고 있었다.

즉, 아무것도 안 해도 추격자들을 쫓을 수 있다는 소리.

실제로 백련산에 들어온 순간부터 추격자들의 기척이 느껴지지 않았다. 아마 우왕좌왕하다가 산 입구로 돌아가게 되리라.

물론 제대로 가는 방법을 아는 자신은 멀쩡했지만 말이다.

그는 더 이상 추적을 신경 쓰지 않고 진법의 핵이 설치된 동굴로 향했다.

동굴은 패왕의 기억 내에 있는 것과 비슷한 모습으로 남아 있었다.

'하지만 진짜 입구는 이대로 들어가는 게 아니지.'

그는 동굴에 들어갔다가 막혀 있는 벽면을 향해 몸을 날렸다.

놀랍게도 단단히 막혀 있던 벽면이 사라지고 새로운 길이 나타났다. 연무흔은 그 안쪽을 향해 거침없이 이동했다.

그렇게 얼마나 이동했을까?

갈림길을 고르고, 빛 하나 없이 캄캄한 동굴 내부를 지났다. 그렇게 잠깐 걷자 야명주가 설치된 구역이 나타났다.

'역시 사람의 손길은 닿지 않은 듯하군.'

만약 누군가 전에 이곳에 왔다면 야명주부터 챙겨서 갔을 테니 말이다.

그렇다면 그가 찾는 보물 또한 이곳에 남아 있다는 뜻.

연무흔은 기억을 더듬어 벽면 어딘가를 쑤욱 밀었다.

그러자 벽이 일부 열리고 기다란 철제함 하나가 나타났다.

'찾았다.'

연무흔은 빙그레 웃으며 그 보관함을 열어 보았다.

척마검(斥魔劍)이 그곳에 있었다.

척마검.

말 그대로 마(魔)를 물리친다(斥)는 힘을 가진 검이었다.

그 능력은 온갖 사악한 마기를 베어 없애 버리는 것.

어떻게 그게 가능하냐고?

그건 모른다.

패왕이 척마검을 처음 얻었을 때부터 그런 능력이 있었으니까.

아마 이 검에 관한 깊은 사연이 있지 않을까?

'하지만 그런 건 지금 관계없지.'

중요한 건 척마검이 마를 베어 낼 수 있다는 거고, 자신의 손에 돌아왔다는 것이었다.

신비한 힘을 가져서 그런지, 수백 년간 이 동굴에 숨겨져 있었음에도 척마검은 여전히 날카로움을 지니고 있었다.

척마검을 보호하고 녹이 슬지 않도록 특별히 장치해 둔 술법과 척마검 자체의 공능 덕분이었다.

'오랜만이군.'

연무흔은 척마검의 날을 어루만지며 잠시 추억에 잠겼다.

물론 그의 주 무장은 언월도였지만, 그는 다른 기물들도 많이 사용했기 때문이었다.

만년한철로 만들어진 권갑(拳鉀).

겉으로 보기엔 무척 얇았지만 그 자체로 검기도 막을 수 있었던 천잠보의(天蠶寶衣).

어지간한 공격으론 흠집도 나지 않던 현무갑(玄武鉀)과 하늘을 날아다니던 새하얀 단검인 백사(白蛇)까지.

그 모든 기물을 사용해 전장을 호령하던 패왕은 그야말로 무적 그 자체였다.

물론 나중엔 더 높은 곳으로 가기 위해 스스로 기물들을 이곳저곳에 나누어 봉인했지만…….

그래도 그때의 추억은 아직도 생생하게 남아 있었다.

'다른 것들은 몰라도 척마검은 지금 상황에서 큰 도움이 되겠지.'

수백 년이 지나며 힘이 사라진 게 아니라면, 척마검에는 아직 마(魔)를 몰아내는 공능이 그대로 남아 있을 테니 말이다.

그 말은 즉, 혈천교의 잡것들을 상대로 절대적인 우위를 차지한다는 것이나 다름없었다.

연무흔이 괜히 이곳까지 와서 이걸 챙긴 게 아니었다.

'잘하면 곧바로 실험해 볼 수도 있겠군.'

연무흔은 추격자의 존재를 떠올리며 그렇게 생각했다.

그는 야명주를 챙겨 척마검이 보관되어 있던 공간에서 나왔다.

'본래라면 뇌천궁으로 바로 돌아가는 것도 괜찮겠지만…….'

그의 입가에 잔혹한 미소가 서렸다.

'그전에 꼬리를 털고 가는 것도 좋겠지.'

하루 뒤.

연무흔은 산에서 내려와 근처에 있던 객잔에 들렀다.

그는 한동안 사라져 있던 시선이 다시 따라붙은 것을 느꼈다.

'셋 정도인가.'

은신과 추적에 알맞은 이들만 보낸 걸 수도 있으니 실제

숫자는 더 많을지도 몰랐다.

연무흔은 식사를 마친 후 객잔에서 나와 으슥한 장소로 이동했다.

습격할 의도가 있다면 딱 습격하기 좋은 장소.

하지만 적들은 조심스러운 건지, 아니면 그저 동향만을 감시하는 건지 쉽사리 나서지 않았다.

'그렇다면 어쩔 수 없지.'

타다닷!

연무흔은 그 순간부터 마을 바깥을 향해 뛰기 시작했다.

"……!"

뒤에서 당황한 기색이 느껴졌다.

그의 뒤를 밟던 이들도 곧 다급히 달리기 시작했다. 그렇지 않으면 놓칠 만큼 빠른 속도였기 때문이다.

그렇게 얼마나 달렸을까?

연무흔은 마을에서 한참 떨어진 곳에서 멈춰 선 다음 재빠르게 뒤로 다시 이동했다.

추격자들이 숨을 새도 없이 얼굴을 마주한 연무흔이 웃었다.

"반갑군. 친구들."

"이런……!"

추격자 중 하나가 욕설을 내뱉었다.

그는 강호에서도 초절정이라고 불릴 만큼 뛰어난 실력

을 가지고 있는 무인이었다. 한데 그런 인재를 고작 사람 추적에 쓴 것이다.

"처음부터 알고 있었나. 어떻게 알았지?"

"그렇게 부담스럽게 바라보면 누구라도 눈치챌 수밖에 없어지지."

연무흔은 그렇게 말하고 진지한 표정을 지었다.

"혈천교에서 보냈나?"

"……."

혈천교라는 말에 세 사람은 동시에 입을 다물었다.

하지만 그 반응이 바로 연무흔이 원하는 것이었다. 그는 그것을 통해 상대의 출신을 짐작할 수 있었다.

"너희 혈교 놈들도 징하군. 한동안 잠잠하더니 또 두들겨 맞고 싶어진 모양이지?"

연무흔이 장난스레 말하자 세 사람 중 하나가 눈을 부라렸다.

"감히 본교를 모욕하는 것이냐?"

"제대로 알아들었다니 다행이구나."

"이……!"

연무흔의 말에 혈천교 교인이 이를 갈았다.

그는 곧 동료 두 사람과 시선을 교환하고 고개를 끄덕였다.

삐익!

"호오."

호루라기 소리에 스물 정도의 혈독귀들이 모여들었다.

아무래도 일정 거리를 벌리고 계속 따라왔던 모양이다.

연무흔은 날카로운 눈빛으로 혈독귀들의 존재를 관찰해 보았다.

'아무래도 저번에 들었던 시혈독인이라는 녀석은 없나 보군.'

그들 중 특출난 기운을 풍기는 혈독귀는 없어서 하는 생각이었다.

하지만 그렇다고 방심할 수는 없었다.

혈독귀는 그 자체로 위험한 존재인 데다가 저들은 뭔가 특수한 처리까지 된 것 같았으니까.

연무흔이 그렇게 고민하고 있을 때 추격조 삼인방 중 하나가 소리쳤다.

"혈독귀들이여! 저놈을 물어뜯어라!"

"캬아아아아악!"

스무 명이나 되는 혈독귀들이 일제히 덤벼들었다.

심약한 사람이라면 꿈에 나올 만큼 무시무시한 모습.

반면에 연무흔은 침착했다.

그는 혈독귀 대신 삼인방을 바라보았다.

'역시 도망치는군.'

그들은 혈독귀들을 방패로 삼고 자기들은 뒤로 돌아 도

망치고 있었다.

아마 이 전력으로는 자신에게 상대가 안 된다는 걸 알고 있어서겠지.

하지만 그는 그들을 도망치게 놔둘 생각이 전혀 없었다.

콰앙!

연무흔은 거세게 땅을 박찼다.

"무슨!"

순식간에 거리가 좁혀진 것을 본 추격자들이 경악했다.

그들을 보호하듯 혈독귀 몇몇이 앞을 막아섰지만…….

'한 번 써 볼까.'

스릉.

연무흔은 척마검을 뽑아 들었다.

수백 년이 지났음에도 척마검의 날은 적을 벨 수 있을 만큼 충분히 날카로웠다.

좌학!

"……!"

이내 앞을 가로막던 혈독귀의 목이 하늘을 날았다.

혈독귀의 피부가 무기가 들지 않을 만큼 단단했지만, 척마검은 그런 그의 피부를 보호하는 마기를 베는 성질을 가진 검이었다.

즉, 그의 앞에서는 혈독귀도 일반 인간과 다르지 않은 방어력을 가지게 된다는 뜻.

그렇다면 지성도 없고 무공도 펼치지 못하는 혈독귀는 연무흔의 적이 아니었다. 그는 순식간에 혈독귀 넷의 목을 더 베어 버렸다.

"이, 이 괴물 같은 놈이!"

그 모습을 본 추격자들이 경악했다.

혈독귀가 어떤 존재던가?

어지간한 무인들은 상대하기도 힘든 혈천교의 귀중한 전력이었다. 자신들이 나서도 쉽게 상처를 입히지 못할 만큼 그들은 단단했다.

그런데 그런 혈독귀들을 힘들이지 않고 무 자르듯 베어 버리니…….

척마검의 존재를 모르는 그들로서는 충격을 받을 만했다.

하지만 그것도 잠시.

꽈앙!

"컥!"

연무흔이 날린 주먹 한 방이 추격자 하나의 배에 틀어박혔다.

아예 배를 뚫어 버릴 기세로 내뻗어진 주먹에 추격자가 눈을 뒤집어 까고 쓰러졌다.

이대론 안 된다고 생각했는지 도망치던 두 사람 중 한 명이 시간을 끌어 보려고 하지만.

"끄아아아악!"

그는 기세 좋게 검을 내뻗은 자세 그대로 팔이 잘려 나가고 말았다. 연무흔은 그의 비명 소리를 무시하고 검면으로 그의 턱을 후려쳤다.

쿵, 하는 소리와 함께 쓰러진 추격자의 몸체.

남은 건 하나였다.

두 사람이 희생하는 틈을 타 도망쳤지만 그리 멀리 도망치지도 못하고 있었다.

마지막으로 남은 추격자가 비장의 수를 사용했다.

"혈독귀들이여! 무슨 수를 써서라도 나를 지켜라!"

그러자 혈독귀들의 움직임이 변했다.

단순히 덤벼드는 건 같았지만 공격 대신 마치 껴안을 것 같이 덤벼온 것이다.

'뭐지?'

연무흔은 곧 그 이유를 알 수 있었다.

쾅!

투두둑!

"……!"

그의 앞까지 다가온 혈독귀의 몸체가 터져 나가며 몸속에서 독기와 뼛조각 같은 것들이 휘날렸다.

그렇게 터져 나간 혈독귀의 위력은 무척이나 강력했다. 초절정 고수도 무방비하게 당했다가는 즉사할 정도였다.

"됐다!"

마지막 남은 추격자는 쾌재를 불렀다.

아무리 연무흔이라고 해도 이 공격에서 멀쩡할 것 같진 않았기 때문이다.

이제 자신은 빈사가 된 연무흔을 제압하여 데려가기만 하면…….

"되긴 뭐가 됐다는 거지?"

그때였다.

오싹!

추격자는 소름이 돋아 목소리가 들려온 쪽을 돌아보았다.

도대체 언제 이동했는지 연무흔이 그의 뒤로 이동해 있었다. 그것도 온몸에 기의 갑옷을 단단하게 두른 채로.

"언제나 느꼈지만, 네놈들은 참 불쾌한 수를 쓰는구나."

연무흔은 터져 버린 혈독귀의 시신을 바라보며 인상을 찌푸렸다.

단순히 덤비고, 싸우다 죽게 하는 거라면 모를까?

이건 선을 넘었다. 망자를 모욕하는 건 이미 알고 있었지만 그 정도가 혐오스러울 정도였다.

"자, 잠깐……."

서걱!

"끄아아아아악!"

왼팔이 베인 추격자가 비명을 질렀다.

꾸욱!

연무흔은 그의 어깨에 있는 혈도를 짚어 피를 멈추게 한 다음 추격자의 얼굴에 주먹을 날렸다.

꽈앙!

이빨이 서너 게 빠져나오며 바닥에 흩뿌려졌다.

"우웨엑……."

엉망이 된 추격자가 입에서 피를 줄줄 흘렸다.

연무흔은 그의 머리채를 잡고 바닥으로 내려쳤다. 한 네 번쯤 같은 짓을 반복하자 그가 정신을 잃었다는 게 느껴졌다.

'심문은 천천히 해도 되겠지.'

셋 다 어떻게든 목숨을 붙여 놨으니 써먹을 수 있을 것이다.

연무흔은 남은 혈독귀들을 바라보았다.

척마검으로 그들에게 서린 마기를 없애 인간으로 만들 수 있다면 좋겠지만…….

이미 인간으로서 죽고 다시 태어난 혈독귀들에게 그런 방식은 통하지 않았다.

그렇다면 자신이 해 줄 수 있는 건 하나뿐.

'안식을 주는 것.'

희미한 달빛 아래 척마검이 내는 빛이 반짝였다.

한바탕 검무를 춘 연무흔이 검을 집어넣었다. 그곳에 서 있는 건 이제 그 혼자밖에 없었다.

연무흔은 혈독귀들의 시신을 묻어 주고 포로들을 깨워 이동했다.

중간 중간에 자결하거나 도망치려는 시도가 있었지만 통하지 않았다. 아무래도 상당히 고위층인지 이들에게는 비밀 방지용 금제 또한 걸려 있지 않은 듯했다.

그렇게 도착한 뇌천궁.

연무흔의 뒤에 죄인처럼 끌려오는 세 사람을 본 뇌천궁도들이 기겁했다. 하지만 그들은 곧 끌려오는 이들의 정체를 알고 바닥에 침을 뱉었다.

"혈교 놈들이라니……."

"이곳 운남에서도 혈천교 놈들이 설치고 있었단 말인가?"

상대방의 정체가 혈천교도라는 걸 알았기 때문이었다.

혈천교는 정파나 사파를 가리지 않고 거리낌의 대상이 되는 악적들.

아무리 뇌천궁이 사파 집단이었다고 하지만 혈천교는 좋아할 수가 없었다. 특히 그들이 망자를 모욕하고 인체실험을 한다는 이야기를 듣고 혐오하는 이들도 많았다.

그리고 무엇보다…….

'데려온 사람이 나기도 하고.'

지난번의 선물 이후로, 뇌천궁의 충성도는 하늘을 찌를

정도로 높아졌다.

거의 투신문에 비할 정도로.

그러니 그들은 연무흔이 하는 일이라면 우선 좋게 보곤 했다. 이번 혈천교도를 잡아 온 것도 마찬가지였다.

그리고 혈천교인을 잡아 왔다는 사실에 반응한 건 그들뿐만이 아니었다.

"혀, 혈천교인들에게 습격을 당했다고?"

아직 떠나지 않고 뇌천궁에 머물고 있던 언지황과 무림맹 사절들이 소식을 듣고 한 걸음에 달려왔다.

그들의 주적은 혈천교였고 놈들에 대한 정보는 어느 때보다 귀중한 상황이었으니까.

"투신문주. 자네가 괜찮다면 우리 측에서 심문을 해 봐도 괜찮겠나?"

"아니, 그럴 순 없소. 심문은 내가 하는 게 더 나을 것 같으니까."

연무흔은 언지황의 말을 반만 수락했다.

심문은 하되, 그 주체가 자신이 될 거라는 사실을 밝힌 것이다.

언지황의 표정이 살짝 시무룩해졌다. 하지만 연무흔은 그런 그를 향해 웃으며 말했다.

"직접 심문을 못한다고 너무 걱정하진 마시오. 그쪽도 원하는 건 다 얻어 갈 수 있을 테니."

"원하는 걸 얻어 갈 수 있을 거라니? 그게 무슨 소리인가?"

연무흔의 입가에 잔혹한 미소가 서렸다.

"저놈들은 아는 걸 모두 불 수밖에 없을 거요."

연무흔은 무림맹 사람들을 대동하고 즉시 뇌옥으로 이동했다.

그곳에는 혈천교의 삼인방이 각자 다른 구역에 나뉘어 갇혀 있었다.

철저하게 감시하라는 명에 따랐는지 구역마다 뇌천궁도들 서넛이 엄중히 경비를 서고 있었다.

"투신문주님을 뵙습니다."

"고생하는군."

연무흔은 그들을 치하하고는 포로의 앞에 섰다.

정신을 차린 혈천교인의 얼굴에는 여러 감정이 섞여 있었다.

당황. 놀람. 절망. 그리고 분노.

아무래도 자신이 이렇게 잡힐 줄은 상상도 못 하고 있었던 듯했다.

"이름이 뭐지?"

연무흔은 그런 그에게 우선 기본적인 것을 물어보았다. 하지만 돌아오는 건 코웃음뿐이었다.

"흥! 내가 그걸 알려 줄 것 같더냐!"

"알려 주지 않을 생각인가?"

"네놈이 무슨 짓을 해도 내 입에서 정보가 새어 나갈 일은…… 끄아아아악!"

혈천교인이 참지 못하고 비명을 내질렀다.

연무흔이 척마검을 들어 그의 상처 부위를 후볐기 때문이었다.

"이름이 뭐지?"

"이, 이런다고 말할 것 같으냐?"

연무흔의 물음에 혈천교인이 숨을 헐떡이며 반문했다.

"좋다. 말하기 싫으면 어쩔 수 없지."

연무흔은 그렇게 말하고 그의 눈을 가리고 입가에 재갈을 물렸다.

그 모습을 본 무림맹 인사들이 당황했다. 혈천교인에겐 대답을 들어야 하는데 어찌 입을 막는단 말인가?

연무흔은 그들의 의문에 가볍게 답해 주었다.

"입을 열지 않으면 열 때까지 기다릴 수밖에 없잖소."

"그게 무슨……."

"보기나 하시오."

연무흔은 그렇게 말하며 척마검의 검집을 들어 혈천교

인의 몸 이곳저곳을 점혈했다.

곧 그의 몸이 딱딱하게 굳어 움직이지 못하게 제압되었다.

이어지는 건 망설임 없이 근육과 뼈를 비틀어 버리는 손길.

"……!!"

고통에 몸부림을 너무 심하게 쳐서 그럴까?

분명 움직이지 못하게 점혈을 했음에도 혈천교인의 몸이 아주 조금씩 들썩거렸다.

"허어."

무림맹 사람들은 거의 넋이 나간 채로 그 모습을 바라보았다. 지금 연무흔이 펼치고 있는 게 바로 분근착골이라는 것을 깨달았기 때문이었다.

'역시 적한테는 손속이 잔혹하구나.'

비명을 지르지 못하게 점혈을 하고 재갈을 물려놔서 그렇지, 만약 아니었다면 얼마나 큰 비명 소리가 울려 퍼졌을까?

언지황은 식은땀을 흘리며 생각했다.

다만 그는 말리지 않았다. 혈천교 놈들이 벌인 천인공노할 짓은 전해 들었을뿐더러, 지금 이 상황에서는 정보가 가장 중요한 것도 사실이었기 때문이었다.

그렇게 얼마나 시간이 지났을까.

"끄윽, 끄으윽, 끄흐흑……."

점혈을 풀고 안대를 풀자 혈천교인은 실성한 것처럼 신음을 흘리며 몸을 덜덜 떨었다.

그에게선 아까 보여 줬던 패기는 더 이상 남아 있지 않았다.

남은 것은 오직 고문을 두려워하는 자아뿐.

"네 이름."

"구, 구자성입니다!"

아까와 다르게 대답은 바로 나왔다. 연무흔은 고개를 끄덕이며 담담히 말을 이었다.

"좋다, 구자성. 지금부터 내가 묻는 말에 하나도 빠짐없이 대답해라. 거짓말을 할 생각은 안 하는 게 좋을 거야. 나는 나머지 두 놈에게도 똑같은 질문을 할 생각이니까."

만약 정보가 어긋나면 가만두지 않겠다는 경고였다.

구자성의 눈이 사정없이 흔들렸다. 그는 세차게 고개를 끄덕였다.

"왜 내 뒤를 밟았던 거지? 날 사로잡아 공을 세우기 위해서였나?"

"사, 삼혈성 님의 명이었습니다. 당신의 행방을 알아내 보고하라고……."

"그 여자가?"

하긴 삼혈성이라면 그럴 가능성이 크긴 했다.

혈천교 소속이라면 누구나 그에게 적대감을 가지고 있

겠지만, 삼혈성은 그중에서도 가장 자신을 증오하는 사람일 테니까.

'내가 저번에 죽인 혈호단주의 연인이라고 했었지.'

아마 그녀는 연인의 복수를 하기 위해 호시탐탐 기회를 노리고 있는 게 아닐까?

이렇게 감시를 붙인 걸 보면 말이다. 물론 그 감시는 잡혀 버렸지만.

"다음 질문이다. 너희들의 본거지는 어디에 있지?"

"보, 본거지라고 할 만한 곳은 없습니다. 곳곳에 지부가 있고 평소에는 각자의 영역에서만 머무르는 편이라……."

"그 지부들의 목록을 전부 불어 봐라. 네가 아는 걸 전부."

연무흔은 그렇게 말하며 눈짓했다. 그러자 무림맹 출신 후기지수들이 긴장된 표정으로 기록을 준비했다.

"……이상입니다. 제가 아는 곳은 이 정도밖에 없습니다."

구자성의 입에서는 대략 다섯 곳 정도 되는 구체적인 장소와 세력이 튀어나왔다. 그 목록을 본 언지황의 표정이 심각해졌다.

개중에는 꽤 영향력이 있는 문파도 하나 섞여 있었기 때문이다.

하지만 그러거나 말거나 연무흔은 다음 질문을 이어 나갔다.

"이제 네가 아는 정보 중에 가장 쓸모 있어 보이는 걸 말해 봐라. 종류는 아무거나 좋지만, 가치가 있어야 한다."

"그건……."

구자성이 잠시 뜸을 들였지만, 연무흔이 척마검을 치켜드는 걸 보고 다시 덜덜 떨었다.

그는 눈을 꾹 감으며 말했다.

"시, 시혈독인을 만드는 실험입니다. 지금 하남성에서 시혈독인을 만드는 실험이 진행되고 있다고 합니다."

"뭐라?!"

"하남성에서?"

이야기를 듣던 무림맹 사람들이 경악했다.

하남성은 정파 무림의 심장부나 다름없는 곳이었기 때문이었다.

한데 그런 곳에서 혈교의 악독한 실험이 벌어지고 있다니 믿기지가 않아서였다.

"설마 거짓말을 하는 건 아니겠지?"

연무흔 또한 잘 믿기지가 않는다는 듯 다시 물었다.

덜덜 떨던 구자성이 고개를 세차게 저었다.

"정말입니다! 그곳에서 시혈독인을 만들고 있다고 알고 있습니다. 드, 듣기로는 황보세가의 고명딸을 중심으로 이런저런 실험을 하고 있다고……."

그 순간 일행은 반사적으로 누군가를 바라보았다.

그럴 수밖에 없었다.

지금 함께 있는 사람들 중에는 이 이야기와 큰 관련이 있는 사람이 있었으니까.

황보연.

그가 눈을 부릅뜨고 구자성을 노려보고 있었다.

그 뒤로도 심문은 계속 이어졌다.

하지만 정말 아는 걸 다 말했던 건지 쓸모 있는 정보는 더 나오지 않았다.

그건 다른 녀석들도 마찬가지인 상황.

연무흔은 하는 수 없이 이 정도로 만족하기로 했다.

지금 얻은 정보만 해도 상당하긴 했고.

'황보세가의 딸이 하남성에 잡혀 있다라.'

지금 그 정보 때문에 무림맹 일행은 난리가 난 상황이었다.

일행의 우두머리인 언지황은 심문이 끝나자마자 전서구를 이용해 무림맹에 자신들이 알린 정보를 적어 보냈다.

심지어 그걸로 모자라서 직접 가서 정보를 전할 채비를 하기까지.

다만 그는 곧바로 출발하지 않았다. 연무흔이 우선 기다려 보라고 막았기 때문이었다.

"투신문주. 어째서 막는 건가?"

언지황이 이해가 되지 않는다는 듯 물었다. 지금 포로에게 얻은 정보는 무척이나 중요해 빨리 전달하는 게 시급했기 때문이다.

"지금 무림맹으로 갈 생각인 거요?"

"당연히 그렇다네. 뭐 문제라도 있나?"

"만약 무림맹을 들렀다 가면 늦을 수도 있을 거요."

"뭐?"

언지황이 인상을 찌푸렸다.

무림맹과 적이 숨어 있다는 곳은 무척이나 가까운 곳에 있다고 했기 때문이다.

한데 무림맹에 들르면 늦을 거라니?

"지금이야 아직 괜찮지만, 이들에게 명령을 내리던 삼혈성 측도 곧 이들이 죽거나 사로잡힌 걸 깨닫게 될 가능성이 높소. 그렇다면 이들이 알고 있는 정보도 쓸모가 없어지겠지. 게다가……."

연무흔은 담담하게 말을 이었다.

"삼혈성 측에서 깨닫지 못한다고 해도, 무림맹 내에도 혈천교의 첩자가 있을 확률이 농후하오. 만약 첩자가 있는 상황에서 대규모로 병력을 끌고 가야 한다고 말하면 어떻게 되겠소?"

"처, 첩자?!"

"투룡 대협. 그게 무슨 소리십니까?"

언지황과 함께 온 후기지수들이 놀라 소리쳤다. 하지만 언지황은 생각보다 놀란 것 같지 않았다.

"아마 정보가 유출되어서 일이 틀어질 수도 있겠지. 자네가 무슨 소리를 하는지 알겠군."

"생각보다 첩자라는 말에 놀라지 않는구려?"

"그거야 진즉 예상했던 일이라네. 무림맹 같은 커다란 조직에 혈천교의 첩자 하나가 없겠나? 혈천교뿐만이 아니라 곳곳에 있는 조직들이 다 자기 사람을 심어 놨겠지."

'역시 나이를 헛먹은 건 아니군.'

혹시라도 말이 안 통하면 어떨까 했는데 그건 아니어서 다행이었다.

"하나 그래도 방법이 없지 않나? 지금 우리가 가진 전력으로는 적들의 경계를 뚫고 황보세가의 여식을 구할 수 없다네. 무림맹의 지원이 필요해."

"물론 당신들만 있다면 그렇겠지."

"뭐? 설마……."

"내가 같이 가 주겠소. 그 정도면 전력은 충분하겠지?"

"……!"

언지황을 비롯한 이들이 모두 놀란 표정을 지었다.

하지만 연무흔은 담담했다.

처음부터 그렇게 하기로 결심했다는 듯이.

사실, 연무흔도 괜히 이런 결정을 내린 건 아니었다.

'혈천교 놈들은 가만히 놔둔다고 해도 계속 나를 노리겠지.'

이번에 세 명의 감시자를 보내 그의 행방을 찾은 것처럼 말이다.

아마 시간이 지난다고 해도 이런 녀석들은 꾸준히 올 터.

'그걸 기다려 주는 건 내 취향이 아니지.'

한 번 적으로 판별된 놈들은 철저히 박살 내는 것.

그게 바로 연무흔의 방식이었다.

상대가 아예 자신의 휘하로 들어온다면 모를까, 계속해서 적대하는데 봐줄 이유는 없었다.

게다가…….

'시혈독인이라는 존재가 좀 궁금하기도 하고.'

듣기로는 혈천교가 준비하는 비밀의 한 수 같은 존재인 것 같은데…….

과연 얼마나 강한지 무인으로서 흥미가 갔다. 아마 이번에 적들의 실험장으로 가면 확인할 수 있을 것이다.

"그대가 같이 가 준다면 천군만마만큼 든든하긴 한데……."

언지황이 살짝 혼란스러운 표정을 지었다.

이번 일은 명백히 그가 처리할 만한 수준의 일을 초과했기 때문이다.

하지만 그것도 잠시.

“후우. 알겠네. 그렇게 하도록 하지.”

“단주님!”

“다만, 너희들은 지금부터 무림맹으로 이동해 이 모든 사실을 알리도록 해라. 황보세가의 여식을 구하러 가는 건 나와 투신문주 둘로 한다.”

결정을 내린 언지황이 엄격한 목소리로 말했다.

연무흔 또한 그의 말에 별다른 이의를 제기하진 않았다.

그와 함께하고 있는 후기지수들은 솔직히 짐만 될 가능성이 높았으니까.

하지만 그 결정에 반발하고 나선 사람이 있었다.

“단주님! 그게 무슨 소리십니까!”

바로 황보연이었다.

그는 믿기지 않는다는 듯 언지황을 바라보았다.

설마 사촌을 구하러 가는데 자신을 빼리라고는 상상도 못 한 듯했다.

“혜아를 구하는데 저를 두고 간다니요! 그럴 수는 없습니다!”

“악의가 있어서 그런 것은 아니다. 너도 알지 않느냐.”

“하지만 혜아는 제 가족입니다! 소재지를 모른다면 모를까, 알게 된 이상 그냥 갈 수는…….”

“좋아.”

그때였다.

두 사람의 대화에 연무흔이 끼어든 것은.

그에 언지황이 놀란 표정을 지었다.

그는 연무흔이 당연히 반대하고 나설 거라고 생각했기 때문이다.

하지만 연무흔은 예상과 다르게 담담했다.

"따라오고 싶으면 따라와도 좋아."

"대협!"

황보연의 얼굴에 환한 빛이 떠올랐다.

그는 비록 언지황의 명령을 받고 움직이는 처지긴 했지만, 연무흔이 허락해 준다면 언지황도 못 이긴 척 승낙할 게 분명하니까.

하지만 그가 감사의 말을 전하기도 전이었다.

연무흔이 의미심장한 미소를 지으며 말했다.

"따라올 수 있다면 말이지."

그 순간, 연무흔의 신형이 사라졌다.

3장

"……!"

모두가 놀라 연무흔이 사라진 곳을 바라보았다.

오직 언지황만이 인상을 찌푸리곤 고개를 돌렸다.

반사적으로 그 시선을 좇은 이들이 경악했다. 연무흔은 이미 저 앞에서 먼저 가고 있었기 때문이었다.

'과연, 말 그대로의 의미였나.'

언지황은 허탈하게 웃으며 땅을 박찼다. 한데 그보다 먼저 반응한 이가 있었다.

타앗!

'투신문의 간부 중 한 명이었지. 아마 투룡의 호위로 함께 왔다고 했던가?'

먼저 반응한 이의 정체는 바로 하연우였다.

그는 연무흔이 멀어지는 걸 감지하자마자 움직이고 있

었다.

아마 가만히 있다간 정말 놓고 간다는 사실을 알고 저러는 것일 터.

'실력도 실력이지만 판단력이 뛰어나. 나이도 어린데 대단하군.'

언지황은 그렇게 감탄하며 하연우의 옆에서 나란히 달렸다.

다행히 연무흔도 그들을 따돌리고 갈 생각은 없는지 속도를 조절하고 있었다.

이 정도면 충분히 따라갈 수 있는 속도였다.

"자, 잠깐!"

뒤늦게 황보연 또한 달리기 시작했다.

곧 연무흔을 필두로 세 사람이 따라가는 형식의 진형이 형성되었다. 그들은 짐조차 제대로 챙기지 않고 미친 듯이 뛰었다.

"허억, 헉. 허억……."

황보연이 미친 듯이 숨을 몰아쉬었다.

선두로 달려가는 연무흔이 멈출 생각을 하지 않아서였다.

그 또한 무려 절정경에 오른 무림인이었으나…….

전력으로 경공을 펼치면서 몇 시진이나 속도를 유지하는 건 무리였다.

'노, 놓치는 건가?'

하지만 그가 그렇게 생각할 때 촌락이 하나 나왔다.

뇌천궁이 있던 곳에서 가장 가까이 있던 촌락이었다.

연무흔은 그때가 되어서야 달리는 걸 멈췄다.

뒤따라오던 세 사람은 녹초가 되어 숨을 헐떡였다.

그나마 상태가 나은 언지황이 땀을 닦으며 물었다.

"투룡. 짐도 챙기지 않고 이동할 생각인가?"

"걱정 마시오. 돈은 충분히 챙겨 왔으니까."

연무흔은 그렇게 말하고 주머니 속 가득한 은을 보여 주었다.

필요한 게 있다면 그때그때 사서 쓴다는 소리.

언지황은 헛웃음을 흘렸다. 연무흔이 진심이라는 것을 깨달았기 때문이었다.

"앞으로도 이렇게 이동하실 생각이십니까?"

"그래. 이 정도 속도를 내지 않으면 적들이 낌새를 눈치채고 먼저 움직일지도 모르니까."

담담한 대답에 황보연의 입이 벌어졌다.

"이, 이건 너무 빠릅니다! 이런 속도로 이동했다간 며칠 가지 못하고 퍼질 겁니다."

"너는 그렇겠지. 하지만 나는 아니야. 저기 있는 언 대협도 아닐 테고."

연무흔은 차가운 표정으로 황보연을 바라보았다.

"나는 분명 아까 말했다. 따라올 수 있다면 따라오라고.

그 말은 이 정도도 버티지 못한다면 따라오지 말라는 소리였다."

"하, 하지만……."

"억지 부리지 마. 고작 이 정도도 따라붙을 실력이 안 되는데 혈천교 놈들과 싸울 수 있을 것 같으냐?"

"……!"

"네가 사촌누이를 구하는데 한 손 거들고 싶어 한다는 사실은 잘 알고 있다. 하지만 지금 네 상태로는 방해만 될 뿐이야. 어쩌면 너 때문에 네 사촌누이를 구하지 못할 수도 있겠지."

"그런!"

연무흔의 말에 황보연이 발끈했다.

그 말이 너무 공격적이게 느껴졌던 탓이다.

하지만 연무흔은 단호했다.

여기서 실력도 안 되는 녀석을 데리고 간다?

자칫했다가는 위험해질 수도 있기 때문이다.

"절대 그런 일은 없을 겁니다."

"그래? 그렇다면 증명해 봐라."

연무흔이 날카로운 목소리로 물었다.

"너는 경공술이 전부가 아니라고 주장하고 싶겠지. 하지만 정말 그럴까?"

무술의 기본은 발놀림이다. 경공의 공부가 낮은 이들이

뛰어난 실력을 가지고 있을 리가 없었다.

황보연은 긴장한 채로 검을 빼 들었다.

자신도 연무흔보다 무공 수준이 낮다는 건 알고 있었지만 이건 양보할 수 없었다.

"제가 증명을 해낸다면 함께하는 걸 허락해 주실 겁니까?"

"그래."

연무흔은 순순히 고개를 끄덕였다.

동시에 자세를 잡는 황보연.

이내 그의 몸에서 강한 투기가 터져 나왔다. 황보연은 고함을 내지르며 연무흔에게 달려들었다.

이어지는 건 평범한 내려치기.

하지만 그 내려치기에 담긴 힘은 보통이 아니었다.

황보연의 얼굴에 화색이 돌았다. 이 정도면 연무흔도 충분히 인정할 수밖에 없으리라.

그래.

그렇게 생각했는데…….

탁!

"무, 무슨!"

그는 경악할 수밖에 없었다.

연무흔이 두 손가락으로 황보연의 검을 잡아냈기 때문이었다.

황보연은 검을 빼내려고 애를 썼지만 한 번 잡힌 검은

미동도 하지 않았다.

이내.

콰칭!

"……."

황보연의 검이 부서졌다. 그는 입을 쩍 벌리며 경악하고 말았다.

강한 건 알았지만 설마 자신의 검을 맨손으로 받아 낼 줄이야.

물론 그 손에는 금(金)의 기운을 덧씌운 투신갑이 둘러 있었지만 그렇다 하더라도 놀라운 일이었다.

상대와 자신의 격차가 확 느껴졌다.

"확실히 쓸 만하군. 운이 좋다면 혈독귀 두세 마리 정도는 혼자서도 잡을 수 있겠어."

연무흔은 황보연의 검을 보고 그렇게 평했다.

"하지만 그렇다 하더라도 조금 모자라. 이 정도로는 혈독귀들에게 포위당하기만 해도 죽을 거다."

"……."

냉정한 말에 황보연이 고개를 푹 숙였다.

그 말은 자신을 데려가지 못한다는 말과 다름이 없었으니까.

"그렇다면 저는 어찌해야 한단 말입니까? 이대로 그냥 가만히 앉아서 기다리기만 해야 한단 말입니까?"

그가 울분에 찬 목소리로 따지듯 말했다.

하지만 연무흔은 무슨 소리를 하냐는 듯 인상을 찌푸렸다.

"가만히 기다려? 무슨 소리를 하는 거냐. 설마 함께 가지 못한다고 놀고 있을 생각이었냐?"

"하, 하지만 같이 가지 못한다면……."

"혹시 모르는 일이니 지원 요청이라도 해야지. 상황이 급한데 너 같은 전력을 놀릴 수는 없어."

"무림맹의 지원 요청은 첩자 때문에 안 된다고 하지 않았습니까?"

"무림맹을 말하는 게 아니다."

"예? 그럼……."

황보연이 당황하며 말했다.

연무흔은 피식 웃으며 품속에서 무언가를 던졌다.

얼떨결에 그걸 받은 황보연이 놀란 표정을 지었다.

"이건?"

그것은 투신(鬪神)이라 적힌 금패였다.

동패도, 은패도 아닌 금패.

그 의미를 떠올린 황보연이 입을 벌렸다. 이건 투신문주만이 가질 수 있는 신물이었기 때문이다.

"지금부터 이것을 들고 가서 무극검문에 보여 줘라. 그렇다면 묻지도 따지지도 않고 무인들을 지원해 줄 거다."

"……!"

"현장에는 우리가 먼저 도착할 가능성이 높겠지만, 목적지보다 무극검문이 훨씬 가까운 걸 고려해 보면 너도 늦지 않게 무극검문에 도착하겠지. 무극검문에서 즉시 고수를 파견한다면 우리와 얼마 차이나지 않게 도착할 수 있을 테고."

물론 그건 황보연이 전력을 다한 속도로 무극검문에 당도할 때의 이야기였다.

그마저도 때가 잘 맞아떨어지지 않는다면 엇갈리거나 뒤늦게 도착하고 말 것이다.

'하지만 이 소리는 하지 않는 게 좋겠지.'

지금 황보연의 얼굴에 희망이 감도는 게 보였기 때문이다.

"직접 가지 못한다고 네가 아무런 일도 할 수 없다고 생각하는 건 오산이다. 만약 훗날 헛소리를 하는 놈이 있다면 내가 혼을 내주마."

"……!"

황보연은 감동한 눈으로 연무흔을 바라보았다.

그의 말투는 거칠었지만 자신을 생각해 주는 마음이 느껴졌기 때문이다.

그는 뭔가 결심한 얼굴로 고개를 끄덕였다.

"꼭 임무를 완수하겠습니다."

"그래."

연무흔은 이번에는 하연우를 쳐다보았다.

"연우, 너도 황보연이랑 함께 움직여라."

"하지만, 주군!"

"혹시 혈천교의 잔당이 지원을 못하게 방해하려고 들 수도 있다. 너도 내 금패가 혈천교 놈들의 손에 들어가는 걸 원하지는 않지 않느냐."

"……명을 받듭니다."

하연우 또한 금방 수긍했다.

그의 말대로 투신문에서 유일한 신물이 이상한 곳으로 들어가면 큰일나기 때문이다.

하연우에게는 그걸 감시할 의무가 있었다.

"그렇다면 여기서 찢어지도록 하지."

연무흔은 마을에서 육포와 건량을 사서 두 사람에게 나눠 주었다.

혹시나 여비가 떨어질까 은전을 챙겨 주는 것도 잊지 않았다.

출발하기 전, 연무흔은 황보연을 바라보며 말했다.

"나를 믿어라."

그가 휙 돌아서며 말을 이었다.

"모든 게 잘 될 테니."

그 말을 끝으로 연무흔의 신형은 마치 바람과 같이 사라졌다.

황보연은 그런 연무흔의 뒷모습을 멍하니 바라보았다.

이 사람이라면 정말로 해낼 수 있을 것 같은 기분이 들었으니까.

"저희도 서두르도록 하죠."

황보연은 하연우의 목소리에 퍼뜩 정신을 차렸다.

두 사람은 있는 힘을 향해 달리기 시작했다.

무극검문이 위치한 곳을 향해서였다.

연무흔은 황보연과 떨어지자 속도를 올렸다.

초절정 고수들 중에서도 쓸 만한 편인 언지황이 이를 악물어야 겨우 따라붙을 만한 속도였다.

그 덕분일까?

그들은 평범한 사람들의 속도로는 수십 일이 걸릴 거리를 나흘 만에 주파할 수 있었다. 남들이 보면 경이롭다고 할 만한 속도였다.

"이걸 취하고 운기하시오."

연무흔은 거의 탈진상태인 언지황에게 뇌정단 한 알을 건네주었다.

"이, 이런 걸 그냥 줘도 되는가?"

언지황은 힘든 것도 잊고 경악했다.

아무리 하급 수준의 영약이라고 해도 영약은 영약이었기 때문이었다.

한데 이런 걸 그냥 넘기다니…….

'도대체 얼마나 배포가 큰 사람이란 말인가.'

솔직히 경악스러울 정도였다. 하지만 연무흔은 신경 쓰지 않았다.

"어차피 몇 개 남았으니 신경 쓰지 않아도 좋소. 지금은 최대한 전력을 끌어 올리는 편이 좋기도 하고."

'또 저쪽에 빚을 지워 두면 나중에 쓸 데가 있을 테니.'

뇌천궁도들에게 선물을 줘서 충성심을 끌어 올린 것과 같은 이치였다.

실제로 언지황은 무척이나 감동한 얼굴로 연무흔을 바라보고 있었다.

연무흔은 그에 반응하는 대신 저 멀리 보이는 태청표국이라는 곳을 바라보았다.

'저기가 혈천교에서 세운 위장 문파라고 했지.'

겉으로 보기에는 평범한 표국이지만 그 속에서는 이런 저런 실험이 진행되는 마굴이라고 한다.

'서두른 덕분에 늦지 않은 듯하군.'

만약 그랬다면 이미 텅 비어 있었을 텐데 태청표국은 여전히 사람으로 바글거렸다.

아직 정보가 새어 나가지는 않았다는 소리.

'물론 함정일 가능성도 있지만…….'

그래도 상관없었다. 함정이라고 해도 안에 놈들이 남아

있다면 그걸로 족했다.

"반나절 정도 체력을 회복하고 치도록 하겠소."

언지황은 고개를 끄덕이고 뇌정단의 기운을 흡수하기 시작했다.

연무흔 또한 그 옆에서 운기조식을 하며 체력을 회복했다.

하지만 그렇게 밤이 되었을 때였다.

"잠깐."

연무흔은 이미 태세를 정비한 언지황을 멈춰 세웠다.

그가 넓게 퍼뜨린 기감 속에서 한 무리의 사람들이 근처를 향해 다가오고 있는 걸 느꼈기 때문이었다.

'혈천교 놈들인가?'

연무흔은 그렇게 생각하고 전투 준비를 끝냈지만 아니었다.

"공자님. 오랜만에 뵙는군요. 그간 잘 지내셨습니까?"

무극검문의 검량이 다섯 명의 부하들을 이끌고 연무흔의 앞에 나타났다.

그들을 본 언지황의 입이 벌어졌다. 지원 요청이라는 핑계로 황보연을 떼놓긴 했지만, 정말로 시간에 맞춰 무극검문의 지원이 올 줄은 몰랐기 때문이다.

게다가 그 인원들의 구성에 깜짝 놀랄 수밖에 없었다.

'화경의 고수가 한 명에 초절정이 다섯 명?'

놀랍다 못해 경악스러운 전력이었다.

아무리 무극검문이라고 해도 이 정도 전력을 보내기는 쉽지 않을 텐데…….

하지만 언지황이 놀라거나 말거나 검량과 연무흔은 반갑게 인사를 나누었다.

"문주님께서 직접 오신다는 걸 말리느라 좀 늦었습니다. 평소라면 원하시는 대로 하게 해 드렸을 텐데 요즘은 분위기가 워낙 흉흉한지라."

"무슨 일이라도 있었소?"

"일이야 있지요. 하지만 지금은 그 이야기를 하는 대신, 감히 저희 앞마당에 자리를 잡은 벌레들을 박멸하는 데 집중하는 게 어떻습니까?"

검량을 비롯한 무극검문의 무인들의 눈빛이 흉흉해졌다.

그들 입장에서도 혈천교가 바로 앞에 지부를 세워 둔 게 마음에 들지 않아서였다.

연무흔은 만족스럽다는 듯 고개를 끄덕였다.

"알겠소. 그렇게 하지."

"공자님. 무슨 계획이라도 있으십니까?"

"있기야 하지."

연무흔이 씨익 웃으며 말을 이었다.

"가서, 박살 낸다."

지금은 그걸로 충분했다.

태청표국.

하남 남서부에 위치한 곳으로, 세워진 지 오 년 정도 된 중간 정도 되는 규모의 표국이다.

하지만 그 태청표국에는 한 가지 비밀이 있었다.

바로 그곳이 혈천교의 비밀 실험장이라는 것.

그 비밀 실험장의 책임자이자 혈천교의 사혈성이기도 한 도현보는 지금 머리를 싸매고 있었다.

"지원을 더 줄 수가 없다고?"

"예. 지금 여러 지부들이 발견되어 본교의 돈줄이 말라 가고 있다고 합니다. 한두 번은 몰라도 꾸준한 지원은 힘들다고……."

"이 무능한 새끼들! 그러길래 평소에 좀 잘 숨겼어야지!"

도현보는 부하로부터 전해 들은 소식에 분통을 터뜨렸다.

그럴 만도 했다.

그는 지금 자신이 있는 태청표국이 혈천교에 있어서 가장 중요한 공간 중 하나라고 생각하고 있었기 때문이었다.

한데 뭐?

돈이 없어서 지원을 더 못 해 준다?

이것은 다른 간부들의 직무유기였다.

돈이 없으면 어디서든 구해 와서라도 지원을 해 줘야 하는 것 아닌가.

"이래 놓고 맨날 시혈독인의 제작이 늦느니 뭐니 하면서 개소리를 하고 있지……."

그는 이를 으득 갈며 혈천교의 다른 성인들을 욕했다.

하지만 여기서 아무리 욕한다고 해도 마땅한 해결책이 나올 리가 없는 상황.

그는 부하들 앞에서 그저 구시렁거리는 것밖에 하지 못했다.

하지만 그러고 있을 때였다.

"사혈성님! 큰일 났습니다!"

부하 하나가 헐레벌떡 뛰어 오며 소리쳤다.

도현보의 인상이 팍 찡그려졌다.

지금 예산이 없는 게 가장 큰 일인데 또 무슨 큰 일이 났단 말인가?

하지만 그도 이어지는 말을 듣고 경악할 수밖에 없었다.

"투신문주 연무흔입니다! 놈이 습격해 왔습니다!"

"뭐야!"

도현보는 눈을 부릅뜨며 자리에서 벌떡 일어날 수밖에 없었다.

연무흔은 이것저것 재 보지 않고 즉시 움직였다.

솔직히 기대 안 했던 무극검문의 지원까지 온 상황이었으니 망설일 이유가 없었다.

"호철, 시우. 너희 둘은 도망가는 놈들이 없도록 주변을 지키고 있도록."

"예!"

검량의 명령에 따라 두 명의 초절정 고수가 각자 양쪽의 방위를 잡고 섰다.

겉으로 느껴지는 그들의 기세는 거의 칼날과 같았다. 그를 보면 설령 도망치는 이들이 있더라도 쉽게 놓치진 않으리라.

'그렇다면.'

연무흔은 준비가 끝났다고 생각되자 태청표국의 대문을 향해 격공장을 내뻗었다.

콰앙!

"뭐, 뭐야!?"

"문이……!"

밤늦은 시간이라 굳게 닫혀 있던 문이 산산조각 나며 뒤로 날아갔다.

연무흔은 그렇게 부서진 입구 사이로 천천히 몸을 밀어

넣었다.

처음으로 보이는 건 잔뜩 당황한 표국 사람들.

아니, 정확히는 표국 사람들로 위장한 혈천교인들이었다. 이토록 중요한 시설에 일반인들을 데려다 놓을 리는 없었기 때문이다.

"경고하지. 죽고 싶지 않다면 항복해라."

연무흔은 그들을 향해 나지막하게 말했다.

그에 혈천교인들이 쌍심지를 켰다.

갑자기 문을 부수고 들어온 건 당황스러웠지만, 이게 뭐란 말인가?

'뭐가 저리 기세등등한 거지?'

'감히 여기가 어디라고!'

그들의 마음속에 분노가 치솟아 올랐다.

하지만 그들이 무어라 소리치기도 전.

"항복할 사람 없나? 아쉽게 되었군."

연무흔은 전혀 아쉽지 않다는 투로 그렇게 말했다.

이내, 쾅!

그가 땅을 박찼다.

스릉!

검이 뽑혀 나오고 가장 앞에 있던 혈천교인의 머리가 잘려 나갔다.

그를 본 모두가 경악했다.

설마 일격에 동료가 죽을 줄은 몰랐으니까.

"휘유. 역시 우리 공자님은 화끈하시군."

그건 뒤따라 안으로 들어온 검량도 마찬가지인지 휘파람을 불었다.

반대로 언지황은 넋이 나간 표정이었다.

아무리 적진이어도 제대로 된 대화도 없이 목부터 날리고 시작하다니?

솔직히 충격적이었기 때문이다.

하지만.

"나를 따르라. 잔챙이들은 빠르게 처리한다."

"존명."

검량의 명령과 동시에 화경의 고수 하나와 초절정 고수 세 명이 전장에 합류했다.

그들은 마치 파도라도 되는 듯 혈천교인들을 휩쓸었다.

간혹 실력 좋은 이들이 그들을 막아서려고 나섰지만 아무런 소용이 없었다.

그저 밀려드는 칼날에 갈가리 찢겨 나갈 뿐.

"이 미친! 나도 모르겠다!"

다른 사람들이 다 날뛰는데 언지황 또한 가만히 있을 수는 없었다.

그는 언가권법을 펼치며 자신에게 덤벼드는 혈천교인들을 차례로 제압해 나갔다.

그야말로 압도적인 전력 차.

이 모습만 본다면 연무흔이 왜 황보연을 오지 못하게 했는지 이해가 안 될 정도였다. 그만큼 상황은 일방적이었다.

콰직!

"키에에에에엑!"

하지만 건물의 장지문 따위를 부수며 새로운 적들이 나타나기 시작했다.

언지황은 그들의 정체를 보며 식은땀을 흘렸다. 백 마리가 넘는 혈독귀들이 그들을 노려보고 있었다.

비로소 진짜 전투가 시작된 것이다.

"키에에에에엑!"

혈독귀들은 약속이라도 한 듯 일제히 연무흔 일행을 향해 덤벼들었다.

하지만 언지황을 제외한 일행은 아무도 당황하지 않았다. 모두 이럴 거라고 예상하고 있었기 때문이었다.

그들이 택한 것은 바로 정면 돌파.

"삼각진법을 펼쳐라. 적들은 자폭하여 뼈와 독기를 암기처럼 쓰는 사술을 사용하니 조심하도록. 거기 무림맹 분, 그쪽은 나와 함께하는 게 좋겠소."

검량은 자신을 따르던 세 부하에게 명령을 내리고 언지황에게 권유했다.

"고맙소!"

언지황은 순순히 그의 권유에 따랐다.

혈독귀 몇몇을 상대하는 건 어렵지 않았지만 저 괴물들에게 완전히 둘러싸이면 이야기가 달라지기 때문이다.

그럴 바엔 차라리 등을 맡기고 싸울 수 있는 동료와 함께 다니는 게 나았다.

"투신문주는?"

"원래는 함께 하자고 하려고 했는데……."

검량이 어딘가를 보며 헛웃음을 흘렸다.

"공자님이라면 걱정 안 하셔도 될 것 같소."

그가 바라보고 있는 건 당연히 연무흔이었다.

하지만 연무흔은 아까와 전혀 다를 게 없었다.

밀려오는 혈독귀들의 파도 속.

그는 마치 물 만난 고기처럼 혈독귀들을 휩쓸고 있었다.

무서운 사실은, 저 단단한 혈독귀들의 목이 마치 두부 갈라지듯 베이고 있었다는 점이었다.

'도대체 내력이 얼마나 강하면 저렇게 할 수 있지?'

언지황은 내심 그렇게 감탄했다.

물론 연무흔이 이렇게 힘들이지 않고 혈독귀를 벨 수 있는 건 척마검의 공능 덕분이지만, 그는 그 사실을 몰랐기 때문이다.

설령 알았다고 해도 연무흔의 움직임이 감탄스러운 건 사실이었고 말이다.

촤학!

연무흔은 혼자 서른이 넘는 혈독귀를 처치할 수 있었다.

이대로 가면 무리 없이 연무흔 일행의 압승으로 끝날 상황.

하지만 이변은 그때 일어났다.

연무흔의 옆구리를 노리고 어디선가 검격이 날아왔기 때문이다.

카앙!

연무흔은 즉시 척마검을 비틀어 공격을 막아 냈다.

설마 기습을 막아 낼 줄은 몰랐던 걸까?

공격을 내지른 상대가 당황하는 게 느껴졌다. 하지만 그가 뭐라고 하기도 전.

쉬익!

척마검이 허공을 갈랐다.

무시무시한 속도로 내질러진 찌르기가 중년의 남성에게 쇄도했다.

중년의 남성은 이를 악물고 척마검의 공격을 쳐 냈다.

"커헉!"

하지만 충격이 꽤 컸는지 그는 헛숨을 내쉴 수밖에 없었다.

'조금이지만 내상을 입었다. 이게 무슨? 저놈의 공격이 그렇게 위력적이었다고?'

물론 무시무시하긴 했지만, 공격에 담겨 있는 속도와 힘 자체는 화경의 고수라면 충분히 막을 수 있을 정도였다.

하지만 그런데도 내상을 입었다.

그렇다는 말은…….

"네놈! 설마 파마(破魔)의 무공을 익혔느냐?"

자신, 아니 혈천교 자체와 상성이 상극이라는 소리였다.

중년의 남성이 식은땀을 흘렸다.

어째서 연무흔의 손에 다른 교인들이 명을 달리했는지 알 것 같았으니까.

"눈치채는 게 느리군."

물론 온전히 파마의 무공 덕분만은 아니었다.

지금 연무흔이 가지고 있는 힘 이상으로 적에게 타격을 입힐 수 있었던 건 척마검의 비중도 컸으니까.

다만 상대는 이를 눈치채지 못한 것 같았다.

'나쁘지 않아.'

상대가 자신에게 오해한다는 건 한 방 먹일 확률이 높아진다는 것이니 말이다.

연무흔은 다시 상대를 향해 검을 뻗었다.

중년의 남성은 기겁해서 검을 막았고 다시 인상을 찌푸

렸다.

서로 검을 맞대고 있을 때 남성이 물었다.

"투신문주! 도대체 여기는 어떻게 알았지?"

"네 친구들이 술술 불어 주더군."

연무흔의 말에 남성의 얼굴이 굳었다.

저 말은 즉, 혈천교의 누군가가 연무흔에게 잡혔다는 소리였으니까.

"내 차례다. 네가 이 지부의 책임자냐?"

"그래! 내가 바로 이곳의 주인인 사혈성 도현보다!"

"호오."

사혈성이라면 꽤 거물이었다.

설마 이런 자그마한 표국에 박혀 있었을 줄이야.

한편으로는 납득도 갔다.

시혈독인을 만드는 실험실인데 이 정도 간부는 있어야겠지.

"널 죽일 사람의 이름이니 잘 기억해 두는 게 좋을 것이다!"

도현보는 그렇게 말하며 검을 치켜들었다.

과연 사혈성이라는 이름답다고 할까?

붉은색 강기가 깃든 검이 날카롭고 맹렬한 선을 그려내기 시작했다.

그렇게 그려진 선은 하나하나가 피할 수 없는 궤적이 되어 연무흔에게 작렬했다.

"공자님!"

검량이 기겁하며 연무흔을 불렀다.

사혈성의 공격이 생각보다 위협적이었기 때문이다.

만약 저 선 중 하나라도 작렬했다간 그대로 사지가 토막 나리라.

"사혈성이라고 해서 기대했지만 별거 없군."

연무흔은 척마검에 투신기를 둘렀다.

우우웅!

날카롭게 벼려진 투신기가 척마검과 만나 검명을 뿜어냈다.

연무흔은 자신에게 향하는 모든 공격을 바라보며 검을 내질렀다.

무극단천.

"……!"

서걱!

단 한 방.

한 방의 칼질이 도현보가 만들어 낸 모든 공격을 지워냈다.

당황한 도현보가 뒤로 물러나려고 하지만.

좌학!

"크윽!"

이미 그의 어깨에는 깊은 검상이 새겨진 채였다.

조금만 깊었어도 팔이 통째로 잘려 나갔을 만큼 위험했던 상황.

도현보의 얼굴에 고통과 두려움으로 식은땀이 흘렀다.

강한 건 알았지만 이 정도로 강할 거라곤 상상도 못 했다.

'이 정도면 구파일방의 장로들 이상이다!'

한낱 후기지수가 가질 수 있는 힘이 아니었다.

결국, 도현보도 최후의 수단을 사용했다.

"놈들을 해방해라!"

그가 어딘가를 향해 버럭 고함을 질렀다.

그 순간이었다.

"……!"

연무흔을 비롯한 일행은 순간 느껴지는 진한 살기에 인상을 찌푸렸다.

이내.

쾅!

시설이 바닥에 숨겨져 있었는지 표국의 지면에서부터 두 개의 인형이 튀어나왔다.

"저놈들은……."

연무흔은 날카로운 눈으로 새로 나타난 적들을 바라보았다.

온몸이 붕대로 칭칭 감겨 그 정체를 알아볼 수 없었다.

그나마 알 수 있는 건 한쪽이 여성이라는 것 정도.

하지만 그것보다 중요한 것은 그들에게 느껴지는 아주 짙은 사기(邪氣)였다.

평범한 혈독귀들 따위와 비교도 되지 않았다.

"과연, 저게 바로 시혈독인인가?"

"후후…… 아직 완성되려면 먼 녀석들이지만 네놈을 죽이기엔 충분할 것이다."

도현보가 비릿한 미소를 지었다.

연무흔은 대답하지 않고 겉으로 드러나는 저들의 전력을 분석해 보았다.

그리고 결론을 내렸다.

"십 초면 떡을 치겠군."

"뭐?"

연무흔의 말을 들은 도현보는 자신의 귀를 의심했다.

십 초면 떡을 친다니.

아무리 미완성이라고 해도 시혈독인을 상대로 하기엔 너무 건방진 말이었기 때문이다.

"놈! 죽고 싶어서 환장을 했구나!"

그렇기에 도현보는 분노했다.

이곳의 시혈독인은 자신의 자존심이나 마찬가지였으므로.

"저놈을 죽여라!"

그는 망설임 없이 시혈독인들을 향해 명령을 내렸다.

두 명의 시혈독인이 연무흔을 향해 쇄도했다.

"호오?"

연무흔은 꽤 감탄했다.

시혈독인들의 연계는 상당히 잘 맞았기 때문이다.

한 명은 기다란 창을 찔러 들어오고, 한 명은 이상한 붉은 가루를 날렸다.

시야를 가리고 공격하겠다는 속셈이다.

평범한 무인들이라면 이상할 게 없는 합공이었지만, 적은 시혈독인이었다.

그런데도 이런 연계를 보여 준다는 건…….

'아무래도 지성이 있다는 건 사실인 듯하군.'

연무흔은 가볍게 발을 내디뎠다.

회천.

쿠콰콰콰쾅!

투신기가 용솟음치며 수상한 붉은 가루와 창격을 모두 날려 버렸다.

그사이 연무흔은 일장을 내밀었다.

격공장이 작렬하며 둘 중 남성체가 뒤로 몇 걸음 밀려났다.

하지만 그는 곧 멀쩡해졌다는 듯 다시 맹공에 나섰다.

'단단하기도 혈독귀들보다 훨씬 단단하고.'

이어서 펼쳐지는 건 눈이 어지러울 정도로 화려한 창술이다.

연무흔은 흥미롭다는 표정으로 그 창술을 바라보았다. 어떤 무공인지는 몰라도 그렇게 내지르는 창술에는 형과 식이 명확했기 때문이다.

그 말은 무공을 쓸 수 있다는 뜻.

'언 대협이 한 말이 전부 사실이었나?'

시혈독인은 지능을 가졌고, 무공을 쓸 수 있으며, 혈독귀 보다 신체적으로 훨씬 강하다는 말 말이다.

솔직히 미완성이라고는 믿기지 않는 수준이었다. 지금도 이런데 완성이 된다면 도대체 뭐가 나올까?

한데 그때였다.

"저, 저 창술은!"

한참 연무흔이 남성체의 공격을 막고 있을 때 언지황이 기겁하며 소리쳤다.

연무흔이 뒤도 돌아보지 않고 물었다.

"아는 무공이요?"

"양가창법이오! 신창양가에만 전승되는 비전무공인데 어찌……."

"그러고 보니 이 시혈독인의 검술은 황보세가의 것이군."

언지황의 표정이 딱딱하게 굳었다.

그렇다면 눈앞에 있는 시혈독인들의 정체가 명확해졌기

때문이다.

"연 문주! 그들이오! 납치됐다는 후기지수들이 시혈독인이 된 거요!"

"하하! 정답이다!"

도현보가 유쾌하다는 듯 웃음을 터뜨렸다.

"과연 네놈들이 신창양가와 황보세가의 분노를 사면서까지 이 녀석들을 죽일 수 있을까?"

그가 사악한 미소를 지었다.

잡아 온 후기지수들을 시혈독인으로 만든 이유는 이런 목적도 있었기 때문이다.

바로 같은 정파 문파의 개입을 쉽지 않게 만드는 것.

작금의 정파는 그렇게 끈끈하지 않았다.

그 말은 즉, 언제든 균열을 낼 수 있다는 뜻이었다.

그리고 시혈독인은 그렇게 만들 수 있는 훌륭한 재료였고.

'아무리 이미 시혈독인으로 변한 녀석들이라고 해도 이 놈들의 가족들은 그렇게 생각하지 않을 터.'

그들은 자기네 식구를 치료할 희망이 있다고 생각할 것이다. 아니면 최소 자신들이 직접 눈을 감겨 주려고 하거나.

그런 상황에서 다른 세력의 사람이 이들을 죽여 버리면 원망의 화살은 그쪽으로 돌아가게 되어 있었다.

이성적이진 않은 일이었지만, 어디 세상사가 이성만으로 돌아가던가.

"하하! 어디 한번 이들을 죽이지 않고 열심히 싸워……."

하지만 도현보의 말은 더 이어지지 못했다.

"시끄럽군."

쾅!

연무흔이 손바닥을 내뻗어 격공장을 사용했기 때문이다. 방심한 채 기습당한 도현보의 몸이 뒤로 튕겨 나가 벽에 처박혔다.

"이, 이 개 같은 놈이……!"

"개만도 못한 놈이 어딜 공자님께 함부로 입을 놀리느냐."

그리고 그를 반겨 준 것은 바로 검량이었다.

그는 한 치의 망설임도 없이 목을 향해 검격을 날렸다.

"윽!"

기겁한 도현보가 즉시 바닥으로 몸을 날렸다.

보통 무인들은 사용하기 부끄러워하는 나려타곤의 수법이었지만 살려면 어쩔 수가 없었다.

"당장 저들을 멈춰라. 그렇지 않으면……."

"하하하하! 모르는 소리! 저들은 이미 나라도 멈출 수 없다! 미완성품이 왜 미완성품이겠느냐!"

"뭐?"

"아직 저 녀석들의 세뇌는 완벽하지 않다! 그래서 한 번 명령을 내리면 그것을 끝내기 전까지 멈추지 않지. 아마 저놈들은 너희를 다 죽일 때까지 무기를 휘두를 것이다."

도현보가 입가를 비틀며 소리쳤다.

"지능이 있다고 설득해 보려는 시도는 하지 않는 게 좋을 거다. 저놈들은 수십 일이 넘게 마기(魔氣)에 골수까지 범벅이 되어 세뇌를 당했으니까! 네놈들은 주화입마에 걸려 광인이 된 마인을 원래대로 돌려놓을 수 있겠느냐?"

"놈……."

검량이 불쾌하다는 듯 검을 휘둘렀다.

도현보가 기겁하며 그의 공격을 막아 냈다.

아까까지는 시혈독인을 멈추기 위해 봐주고 있었지만, 그게 안 된다는 것을 깨달은 검량의 검은 훨씬 매서워져 있었다.

"제기랄!"

무극검문의 초절정 고수 세 사람과 함께 혈독귀들을 상대하고 있던 언지황이 분통을 터뜨렸다.

지금 적의 말이 사실이라면 남은 건 이 자리에서 시혈독인들을 죽이는 수밖에 없었기 때문이다.

하지만 그렇다면 말마따나 신창양가와 황보세가가 가만히 있지 않을 터.

솔직히 답이 없는 상황이었다.

하지만…….

"하."

그런 상황 속에서, 한 남자의 웃음소리가 들려왔다.

"……?"

모두가 그 웃음소리의 주인을 바라보았다.

연무흔이 가소롭다는 듯 코웃음을 치고 있었다.

"사혈성. 방금 이놈들의 골수까지 마기가 침범했다고 그랬나?"

"그래! 한데 그게 뭐가 웃긴 거지?"

"해결방법이 너무 쉬워 보여서 말이지."

"뭐?"

도현보가 이해할 수 없다는 표정을 지었다.

이미 광인이나 다름없는 상태가 된 마인을 어떻게 원래대로 되돌린단 말인가?

"간단한 이야기야."

연무흔은 척마검을 치켜들며 말했다.

"마기가 빠질 때까지 두들겨 패면 된다."

"무슨!?"

도현보의 얼굴에 당황이 떠올랐다.

당연하게도, 마기라는 건 물리적으로 때린다고 없앨 수 있는 게 아니었다.

특히 세뇌용으로 골수까지 파고든 마기는 더더욱.

'하지만 그것은 어디까지나 일반적인 경우일 뿐이지.'

연무흔이 지금 들고 있는 건 척마검이었다.

마를 무찌르는 데 특화된 신물(神物).

이 검의 공능이라면 충분히 두 사람에게 깃든 마기를 몰아낼 수 있을 것이다.

'물론 조금 패야겠지만 말이지.'

쒜엑!

그렇게 생각하고 있을 때, 남성체의 창이 다시 한번 연무흔에게 쇄도했다.

본래도 꽤나 실력이 있는 녀석이었는지 날카로운 창격이다.

그리고 그 틈을 타 여성체 시혈독인이 맹렬한 검무를 펼쳤다.

검술 실력 자체는 대단하지 않았지만 어마어마하게 강해진 신체 능력이 그 부족함을 상쇄해 주었다.

하나.

"……!"

그녀의 검은 척마검의 방어 앞에 맥없이 막히고 말았다.

연무흔은 남성체의 창을 몸을 비틀어 피해 낸 뒤 척마검의 검면으로 여성체의 안면을 거세게 후려쳤다.

쾅!

커다란 소리와 함께 여성체의 몸이 몇 바퀴나 바닥을 굴렸다. 그녀는 즉시 일어나며 반격하려고 했지만.

"얼마나 때려야 하는지는 모르겠군."

퍽!

다시 한번 여성체의 몸이 하늘을 날았다.

연무흔이 휘두른 척마검의 검면이 마치 둔기처럼 그녀의 몸을 두들겼다.

"너도 있었지."

하지만 연무흔의 적은 그녀뿐만이 아니었다.

그는 뒤에서 쏘아지는 창격을 막아 내고 그대로 어깨를 후려쳐 버렸다.

비틀거리며 뒤로 물러나는 남성체. 그런 남성체의 팔에 다시 한번 공격이 작렬했다.

남성체의 몸이 움찔하며 뒤로 물러났다.

"이게 무슨……."

그 광경을 지켜보던 언지황이 경악하며 입을 벌렸다.

분명 어마어마한 적이었음에도 불구하고, 연무흔은 두 시혈독인을 마치 어린애 다루듯 상대하고 있었기 때문이었다.

그야말로 압도적인 실력 차.

사실 무위 자체가 차이나는 건 이해할 수 있었다.

연무흔은 화경의 고수였고, 시혈독인의 재료가 된 두 후기지수는 기껏해야 절정지경의 무인이었기 때문이다.

'하지만 그걸 뒤집을 수 있을 만큼 뛰어난 신체 능력의 강화가 있었을 터인데!'

연무흔은 전혀 어려움 없이 그들을 상대하고 있었다.

그 말은 즉, 연무흔이 낼 수 있는 힘도 그들과 동급, 아니 그 이상이라는 소리였다. 그야말로 괴물 같은 내력이라 고밖에 표현할 수 없었다.

"저, 저 미친 괴물 놈이!"

그리고 그런 감정을 느낀 건 언지황뿐만이 아니었다.

도현보 또한 연무흔이 보여 주는 모습에 경악하고 있었다.

솔직히 그는 시혈독인쯤 되면 연무흔을 상대할 수 있을 줄 알았다. 이기지는 못해도 적어도 시간 끌기 정도는 해 줄 거라고 생각했다.

하지만 이게 뭔가?

믿었던 시혈독인은 처참하게 농락당하고 있고, 실제로 그들에게 깃들어 있던 마기는 조금씩 빠져나가고 있었다.

어떤 수작을 부렸는지는 모르겠지만, 정말로 그들을 세뇌시켰던 마기가 빠져나가고 있는 게 느껴졌다.

'어떻게든 하지 않으면……!'

하지만 그렇게 생각하고 있을 때였다.

빠각!

뼈가 부러지는 소리와 함께 여성체의 몸이 바닥을 굴렀다.

"꺄아아아아악!"

그녀는 처음으로 고통에 찬 비명을 내질렀다.

연무흔은 그런 그녀의 가슴에 기다란 검상을 남겼다.

동시에 마치 둑이 터지듯 그녀의 몸에 고여 있던 마기가 터져 나오기 시작했다.

"안 돼!"

도현보가 처절한 절규를 터뜨렸다.

하지만 그가 할 수 있는 건 아무것도 없었다. 그를 붙잡고 있는 검량은 혈성 이상의 실력자였기 때문이었다.

지금도 간신히 목숨만 붙어 있도록 방어만 하는 그가 여기서 시혈독인들을 지원한다는 건 어불성설이었다.

급하게 혈독귀들을 자폭시켜 보려고도 했지만 그들도 이미 거진 정리가 끝난 상태.

콰학!

"크아아아아아악!"

그러는 사이 남성체의 몸에도 기다란 검상이 새겨졌다.

검붉은빛의 마기가 상처를 통해 빠져나오고, 연무흔은 고통스러워하는 그들을 내버려두고 몸을 돌렸다.

"이 정도면 대충 정리가 끝난 것 같군."

저들의 몸에서 마기를 빼내기 위해 어울려 준 것이지, 정말 죽이기 위해 싸웠다면 십 초도 걸리지 않아서 정리했으리라.

'시혈독인이 어떨지 궁금했는데 너무 기대했나 보군.'

연무흔은 가볍게 혀를 차고 도현보를 향해 다가갔다.

"오, 오지 마!"

그는 마치 귀신을 보는 것처럼 기겁했다.

연무흔은 입가를 비틀며 그에게 검을 휘둘렀다.

무극단천.

서걱!

"큭!"

맹렬한 힘이 응축된 참격이 도현보의 팔을 잘라 냈다.

검량이 그 모습을 감탄하며 지켜보았다.

"이전에 보셨을 때보다 훨씬 강해지셨군요. 과연 문주님의 핏줄……."

"내가 좀 재능이 넘치긴 하지."

연무흔은 능청스럽게 답하며 도현보의 복부에 주먹을 내뻗었다.

쾅!

투신기를 단단히 두른 주먹은 어지간한 망치보다 단단하고 강력한 힘을 지니고 있었다.

눈을 까뒤집은 도현보가 앞으로 쓰러졌다.

"죽이지는 않으십니까?"

"정보를 캐내야 하잖소. 캐낼 수 있을지는 모르겠지만."

그래도 혈성인데 저번에 붙잡은 녀석들보다는 쓸 만한 정보를 가지고 있으리라.

연무흔은 그렇게 생각하며 바깥을 바라보았다.

'누군가 몰려오고 있군.'

아마 적의 지원은 아닌 것 같고, 여기 큰일이 났다는 걸 깨달은 주변 문파나 혹은 전서구로 소식을 전해 들은 무림맹 측의 병력이 아닐까.

아무래도 상관없는 일이었다.

연무흔은 검량에게 현장을 부탁한 뒤 지하로 향했다. 뒤늦게 찾아오는 이들보다 먼저 혈천교가 숨겨 놓은 비밀을 파헤쳐 보기 위해서였다.

4장

태청표국 안에는 역시 숨겨진 통로가 있었다.

연무흔은 기감이 이끄는 대로 움직여 입구를 찾아냈다.

꽤 오랜 시간 공을 들인 걸까?

지하에 만들어진 공동의 규모는 상당해 보였다. 아마 태청표국을 만들기 전부터 작업을 해 둔 듯했다.

'문지기는 없는 것 같군.'

이곳을 지키던 인원은 방금 있던 전투에 전부 참여했던 건지 입구 쪽은 텅 빈 상황이다.

하지만 연무흔은 경계를 늦추지 않고 안으로 진입했다.

어찌 되었든 이곳은 혈천교의 비밀 공간.

그 음습한 놈들이 뭔 짓을 해 놨을지 몰랐기 때문이다. 함정이나 매복이 있을 확률도 낮지 않았다.

그랬더니 역시.

"이건……."

연무흔은 두통이 일고 방향 감각이 흐트러지는 걸 느낄 수 있었다.

'진법인가.'

감각을 어그러뜨리는 걸 보아하니 특정한 심법을 익힌 사람들이 아니라면 들어오는 순간 무력화시키는 종류의 진법인 듯했다.

아마 이곳이 발각되었을 때를 위해 만들어 둔 것일 터.

하지만 연무흔은 당황하지 않고 투신기를 끌어 올렸다.

우우웅!

기운이 온몸을 갑옷처럼 감싸며 진법의 기운을 밀어냈다.

그가 다시 제대로 된 감각을 찾는 데는 찰나도 걸리지 않았다.

'매복은 없는 것 같군.'

다시 원상태로 돌아온 연무흔이 생각했다.

만약 매복이 있었다면 자신이 진법에 걸렸을 때 공격을 해 왔을 것이다.

하지만 그렇다기에는 아무런 적도 나타나지 않았다.

일단 여기에는 사람이 없다는 뜻이었다.

'또 모르지. 뒤에서 그냥 기회를 노리고 있는 걸 수도 있고.'

연무흔은 방심하지 않고 통로를 면밀히 살폈다.

솔직히 별로 오래 있고 싶지는 않은 곳이었다.

입구에서부터 스멀스멀 올라오는 혈향과 악취는 불쾌하다는 말로 모자랐으니까.

게다가 안에서 느껴지는 사기(邪氣).

이것만 봐도 안에서 무슨 일이 있었는지 짐작이 갈 정도였다.

아마 사람들을 고문하고 사술을 통해 괴물로 만드는 작업이 진행 중이었으리라.

'어디…….'

연무흔은 혹시 쓸 만한 게 있을까 안쪽을 둘러보았다.

'별 건 없군.'

기껏해야 침입자들을 대비하기 위한 무기들이나, 혹은 근처에 있는 지부의 정보가 담긴 자료들뿐이었다.

본래는 이것만으로도 나쁘지 않은 성과라고 할 수 있지만…….

'이곳이 털린 게 알려지게 된다면 어차피 쓸모없어질 정보들이니까.'

자료에서 관심을 끈 연무흔은 더 안쪽으로 들어가 보았다. 점점 혈향이 짙어지며 뇌옥과 같은 장소가 나타났다.

한데.

'노인?'

뼈가 앙상하게 보이는 노인 하나가 뇌옥에 감금되어 있

었다.

그 몸 곳곳에는 고문의 흔적이 여실히 보였다.

혈독귀나 시혈독인을 만들기 위한 실험체일까?

'그렇다기에는 무인 같지가 않은데?'

"으, 으으……."

한데 그때였다.

연무흔의 발걸음 소리에 정신을 차린 건지 노인이 눈을 떴다. 그는 잠시 멍한 표정으로 연무흔을 바라보더니 희미한 목소리로 입을 열었다.

"무, 무림맹……?"

"아쉽지만 아니오."

연무흔은 노인을 가두고 있던 철창을 어그러뜨리며 그렇게 말했다.

그에 노인의 눈빛에 경계심이 떠올랐다. 하지만 연무흔은 뭐라 하는 대신 노인의 어깨에 손을 대고 기운을 불어넣어 주었다.

"으음……!"

거의 시체 같았던 노인의 얼굴에 살짝 화색이 돌았다.

그는 떨리는 눈으로 연무흔을 바라보았다.

"자, 자네는 누군가?"

"연무흔이라고 하오. 투신문이라는 문파를 이끌고 있지."

"투신문……?"

노인은 투신문을 처음 들어 본다는 듯 눈을 깜빡였다.

하지만 그것도 잠시.

그는 다급하게 소리쳤다.

"지, 지금 그게 중요한 게 아니지. 안에 나 말고도 다른 사람들이 갇혀 있네. 그들을 구해야……."

"진정하시오. 노인장. 소리치지 않아도 그렇게 할 거니까."

연무흔은 뇌옥의 안쪽으로 이동하며 사람들을 가두고 있던 창을 구부리거나 잘라 내었다.

다섯 명쯤 되는 사람들이 더 갇혀 있었는데, 그들은 노인과는 다르게 아직 의식을 찾지 못하고 있었다.

그는 차분히 한 명 한 명에게 다가가 진기를 주입했다.

"진기를 불어넣었으니 다들 곧 정신을 차릴 거요. 이 안쪽에는…… 살아 있는 사람은 없는 듯하고."

안에 있는 건 피 묻은 고문 기구들과 실험 일지, 그리고 정체를 알 수 없는 물건들밖에 없었다.

아마 사람을 혈독귀나 시혈독인으로 만드는 데 사용하는 사이한 물건들일 터.

연무흔은 그것들을 건드리지 않고 가만히 놔뒀다. 지금 궁금한 건 그런 것보다 노인의 정체였기 때문이다.

"노인장은 누구길래 이런 곳에 갇혀 있던 거요? 이렇게 고문까지 당하면서."

그렇기에 연무흔은 직설적으로 물었다.

노인의 눈이 살짝 떨렸다. 하지만 그것도 잠시, 노인은 가볍게 한숨을 내쉬며 말했다.

"노부의 이름은 화서명이라고 하네."

"화서명?"

"그래. 자네는 무림인인 것 같으니 이 별호가 더 익숙하게 들리겠군."

화서명은 지친 목소리로 말했다.

"혹시 신의(神醫)라고 들어 봤는가?"

"호오."

연무흔의 눈빛에 흥미가 서렸다.

신의.

의술로는 이 시대에서 가장 뛰어나다는 평가를 받았지만, 십 년 전에 돌연 모습을 감춘 정체불명의 의원이다.

또 자신이 고운상단에서 받은 각패의 주인이기도 했다.

한데 그런 신의를 여기서 만나다니.

솔직히 놀라웠다.

"신의씩이나 되는 사람이 왜 여기 잡혀 있었소?"

"왜겠나. 납치당했다네. 환자를 진료하다가 습격을 받았는데 정신 차려 보니 여기더군."

그렇게 말하는 신의의 목소리는 들끓는 감정으로 가득 차 있었다.

지금까지는 정신이 없어 몰랐지만, 슬슬 오랜 시간 고문을 당하며 갇혀 있던 분노가 올라온 것이겠지.

"처음엔 몰랐지만, 이들은 오래전에 사라졌던 혈천교의 후예들이더군. 그들은 내게 괴물을 만드는 데 협력하라고 협박했네. 하지만 나는 그러고 싶지 않았지. 나는 사람을 고치는 사람이지, 사람을 괴물로 만드는 사람이 아니었으니까."

"그래서 고문을 당하고 지금까지 갇혀 있었던 것이군."

대충 어떻게 된 상황인지 짐작이 갔다.

연무흔은 새삼스럽다는 눈으로 신의를 바라보았다.

'대단한 정신력이야.'

무공 하나 모르는 노인이 고문과 회유를 견디며 이 긴 시간 동안 버틴 게 용했기 때문이다.

아마 신의라는 별호가 아깝지 않은 정신력을 가진 것이리라.

"그, 그보다 놈들은 어떻게 됐나? 자네는 아무리 봐도 혈천교인이 아닌 것 같은데……."

"이곳에 있던 놈들이라면 거의 다 죽였소. 남은 녀석들도 밖에서 제압해 뒀으니 안심해도 좋소."

"아아!"

신의가 탄성을 터뜨렸다. 어느새 그의 눈가는 촉촉하게 젖어 있었다.

"한때는 정말 이곳에서 생을 마감하지 않을까 생각했는데……."

"나머지는 일단 나가서 말합시다. 이곳에 있으면 썩 건강에 좋진 않을 것 같으니까."

자신이라면 몰라도 몸 상태가 한없이 약해진 신의나 다른 포로들이 사기에 노출되는 건 좋은 일이 아니었다.

신의는 고개를 끄덕였다. 그도 조금이라도 빨리 밖을 보고 싶었기 때문이었다.

"혼자 걸을 수 있겠소?"

"그 정도면 충분하오. 나머지는……."

연무흔은 기절해 있던 이들에게 진기를 더 불어넣어 그들을 깨웠다.

그들은 곧 자신들이 구출됐다는 이야기를 듣고 눈물을 흘렸다.

"다행히 다들 어떻게 걸을 수는 있겠군. 이제 나갑시다."

연무흔은 그렇게 말하고 천천히 왔던 길로 돌아가기 시작했다. 곧 포로들은 꿈에 그리던 지상에 도착할 수 있었다.

지상의 풍경은 환했다.

날이 밝은 건 아니고, 횃불을 든 무림맹원들이 수백 명

가까이 모여 있었기 때문이었다.

그들 중 우두머리로 보이는 몇몇이 언지황이나 검량과 대화를 나누고 있었다.

연무흔을 발견한 검량이 대화하다 말고 양해를 구한 다음 다가왔다.

"공자님. 오셨습니까? 뒤에 있는 분들은?"

"아래 잡혀 있던 포로들이오. 놔두고 오긴 좀 그래서 데려왔지."

"아아!"

바깥에 나온 포로들이 눈물을 줄줄 흘렸다.

그들의 모습에 모든 사람들의 시선이 집중되었다.

하지만 그러든 말든 포로들은 자신의 감정을 해소하기 위해 펑펑 울었다.

"드디어 밖에 나왔다……."

"흑, 괴물이 되거나 평생 안에서 썩을 줄 알았는데."

"저분 덕분에 살았구나."

그들은 눈물을 흘리며 연무흔에게 연신 고개를 숙였다. 그것은 신의 또한 마찬가지였다.

"고맙네. 정말 고마워. 이 은혜를 어떻게 갚아야 할지……."

"어렵지 않지. 그대가 가장 잘하는 걸로 갚으면 되지 않겠소?"

"내가 잘하는 것?"

"우리 투신문에 들어와 주시오. 그렇다면 다시는 이런 수모를 당하게 하지 않게 만들어 주지."

연무흔은 그렇게 말하며 신의의 각패를 꺼냈다.

"이, 이건!"

"신의, 그대의 각패요. 우연한 기회에 얻게 되었지. 설마 십 년 넘게 실종되었다는 그 주인을 이렇게 만나게 될 줄은 몰랐지만."

"저 노인이 신의라고?"

"그게 정말인가?"

신의라는 말에 주변에서 수군거리는 소리가 들려왔다.

이쪽을 주목하고 있던 무림맹의 무인들이었다.

사실 당연한 일이긴 했다.

신의는 십 년 넘게 사라졌던 인물이었으니 말이다.

갑자기 포로로 잡혀 있다 구출된 노인이 신의라니 의아하겠지.

하지만.

"저, 정말이야! 내가 기억하는 것보단 좀 늙긴 했지만…… 분명 신의 화서명 어르신이 맞아!"

진위가 밝혀지는 데까지는 그리 오랜 시간이 걸리지 않았다.

연륜이 있어 보이는 맹도 하나가 신의를 알아보았기 때

문이다.

그러자 이쪽을 바라보는 사람들의 시선 자체가 바뀌었다.

그건 무림맹의 수뇌부들 측도 마찬가지였다.

언지황과 대화를 나누고 있던 덩치 큰 남성 하나가 불쑥 다가와서 말을 걸었다.

“자네가 투룡 연무흔인가? 이렇게 만나서 반갑네. 나는 남궁호라고 하네. 듣기로는 여기 있는 언 단주를 도와 혈천교 토벌에 참가했다지?”

“배, 백호단주!”

언지황이 무슨 소리를 하냐는 듯 남궁호에게 소리쳤다.

지금 그의 말만 들으면 토벌의 주는 언지황이고, 연무흔은 그냥 한 손 얹은 것처럼 들렸으니까.

‘하긴 무림맹 입장에서는 당연한 대응인가.’

안 그래도 싸우라는 혈천교와는 안 싸우고 내부 권력싸움만 줄창 한다고 욕먹던 녀석들이다.

지금까지 혈천교를 박살 낸 건 전부 연무흔이 한 일이었고 말이다.

그런데 여기서 또 연무흔이 큰 공을 세워 버린다?

무림맹의 체면은 땅에 처박힐 게 분명했다. 그러니 사실관계를 조작해서라도 자신들의 권위를 세울 수밖에.

연무흔이 피식 웃으며 되물었다.

“그런데?”

"잠시 본 맹의 검사에 협력해 주지 않겠나? 오래 걸리진 않을 거야. 우리도 입장이라는 게 있으니, 자네가 저곳에서 혹시 뭘 가져왔는지 조사해 봐야 하거든."

"그, 그게 무슨 소리인가!"

듣고 있던 신의가 놀라서 소리쳤다.

지금 남궁호의 말은 연무흔이 혈천교의 연구 자료를 탐내 훔쳤을지도 모른다는 뜻을 내포했기 때문이었다.

"여기 있는 이분은 우리를 구하고 바로 지상으로 올라오셨다네. 다른 물건에는 아무것도 손을 대지 않았어!"

"신의 어르신. 어르신이 저자에게 고마운 감정을 갖는 이유는 충분히 알겠으나, 혹시 모르는 일입니다. 어쩌면 어르신을 구하기 전에 뭔가를 챙겼을지도 모르고요."

남궁호는 그렇게 말하며 명백한 적대감을 표출했다.

단지 무림맹의 체면이 떨어져서 그런다기에는 꽤 노골적이었다.

"그리고 어르신은 저희 측에서 모시도록 하겠습니다. 오랜 기간 고초를 당하셨으니 맹에서 보호를……."

남궁호가 일방적으로 통보하려던 그때였다.

"하하."

연무흔이 돌연 웃음을 터뜨렸다.

상황에 어울리지 않은 웃음에 주변의 시선이 집중되었다.

남궁호가 마음에 들지 않는다는 듯 인상을 찌푸리며 물

었다.

"뭐가 그리 웃긴 거지?"

"아니, 그냥."

연무흔의 눈빛이 날카롭게 변했다.

"지랄을 한다 싶어서."

"투룡, 그게 무슨 소리지?"

남궁호가 사나운 목소리로 물었다.

동시에 그에게서 강한 위압감이 흘러나왔다.

무림맹에서도 다섯 손가락 안에 들어가는 무력단의 단주다운 사나운 기운이었다.

하지만 연무흔은 전혀 개의치 않았다.

"늦어도 한참 늦게 온 주제에 멋대로 헛소리를 찍찍 내뱉는 게 우습다는 소리지. 이것도 이해를 못 하나?"

오히려 연무흔은 신랄하게 쏘아붙였다.

그러자 남궁호의 표정에 당황이 서렸다.

그는 당연히 연무흔이 사과를 하거나, 뭔가 변명을 할 줄 알았는데…….

'이 미친놈이 뭐라는 거야?'

정작 연무흔은 그냥 남궁호를 들이박고 있었기 때문이다.

마치 무림맹을 적으로 돌려도 상관없다는 것처럼!

"나는 잡혀 있던 포로들을 제외하면 저 아래서 뭘 가지고 나온 적이 없다. 그러니 검사를 받을 이유도 없지. 그리고 누구 멋대로 신의를 보호해? 신의는 우리 투신문에서 보호할 거다."

그러는 와중에도 연무흔의 말은 계속 이어졌다.

남궁호의 미간에 깊은 주름이 새겨졌다.

"알량한 공을 세웠다고 너무 나대는구나. 감히 무림맹의 결정에 토를 다는 것이냐?"

"무림맹의 결정이 아니라 네 결정이겠지. 그리고 혈천교의 사혈성을 쓰러뜨린 게 알량한 공이면, 그 알량한 공조차 세우지 못한 너희는 대체 뭐냐?"

"……!"

"내가 알기로 무림맹은 혈천교와 싸우기는커녕 서로 권력을 잡기 위해 내부에서 입만 털고 있는 걸로 알고 있었는데 말이다. 내 말이 틀린가?"

연무흔의 말에 몇몇 무림맹원들이 부끄럽다는 듯 고개를 숙였다.

대체로 말단에 위치한 평무사들이었다. 하지만 반대로 그들을 이끌고 온 간부들은 모두 사나운 눈으로 연무흔을 노려보았다.

"네놈이 정녕 우리를 모욕하겠다는 거구나."

"다행이군. 도발인 걸 못 알아들었으면 처음부터 다시 했어야 할 텐데 말이야."

"놈!"

참지 못한 남궁호가 기습적으로 덤벼들었다.
빠르게 검을 뽑은 그가 남궁세가의 대연검법을 펼쳤다.
과연 백호단주라는 자리에 괜히 뽑힌 건 아닌 걸까?
동작 하나하나가 호쾌하고 강력한 위력을 가졌다. 만약 가만히 있으면 큰 상처를 입으리라.
하지만.
"끄윽!"
그의 검은 연무흔에게 닿지 못했다.
퍽!
검이 닿기보다도 훨씬 먼저 연무흔이 내뻗은 주먹이 남궁호의 턱을 후려갈겼기 때문이었다.
이 자리에 있던 사람들은 대부분 보지도 못했을 만큼 빠른 움직임.
쿵.
곧이어 허공으로 떠올랐던 백호단주의 신형이 바닥으로 떨어졌다.
그 모습을 본 사람들의 입이 벌어졌다.
"단주님!"
"이 미친!"
그들이 칼을 뽑기 위해 검집에 손을 가져다 대는 게 느껴졌다.
하나.

"뽑지 마라. 감히 공자님께 검을 휘두르면 죽여 버리겠다."

"……!"

그들은 도저히 검을 뽑을 수가 없었다.

검량이 내뿜은 살기가 무림맹원들을 집중적으로 덮쳤기 때문이었다.

"그만."

하지만 그것도 잠시.

연무흔의 말에 살기가 씻은 듯이 사라졌다.

무림맹에서 온 무인들은 모두 숨을 헉헉거리며 공포에 질린 표정을 지었다. 잠깐 살기에 노출되었을 뿐인데 심장이 미친 듯이 쿵쿵거렸다.

"무림맹은 의리도 없나 보군. 우두머리가 쓰러졌는데 아무도 챙기질 않나?"

"……!"

그제야 그들은 놀란 표정으로 쓰러진 남궁호를 챙겼다.

한참 그러고 있을 때 언지황이 다가와 고개를 숙였다.

"정말 미안하네. 연 문주. 백호단주의 무례는 내가 대신 사과하도록 하지."

"사과하지 마시오. 그대가 사과할 일이 아니니."

연무흔이 언지황을 바라보며 말했다.

건방지고 한 것도 없는 주제에 막 나가던 남궁호와는 달리 언지황은 그와 함께 싸운 전우였다.

그러니 그런 사람의 사과를 받을 이유는 없었다.

"하지만 그는 나와 같은 무림맹 사람이야. 진즉 상황을 정리하지 못한 내 책임도 일정 부분 있지. 미안하네."

"흐음."

하지만 연무흔의 만류에도 언지황은 정중히 고개를 숙였다.

연무흔은 알았다는 듯 고개를 끄덕였다.

상대가 이렇게 나온다면 받아 주지 않는 게 더 실례였으니까.

"이제부터 어떻게 할 건가?"

"한동안은 이 근방에 머무를 생각이오. 약해진 신의의 몸 상태를 돌봐야 하니."

연무흔은 그렇게 말하며 검량을 돌아보았다.

"또, 이곳에 머물면서 무극검문에도 들를 생각이오. 여기까지 왔는데 얼굴도 비치지 않으면 섭섭해할 분이 있거든."

그 말을 들은 언지황이 묘한 표정을 지었다.

여러 상황을 추측해 볼 때 연무흔이 누구를 말하는 건지 짐작이 갔기 때문이다.

'역시 무극검문과 투신문은 가까운 관계인 게 틀림없어.'

솔직히 저쪽도 아예 숨길 생각을 안 하는 것 같았다.

그도 그럴 게 화경의 고수인 검량이 대놓고 연무흔을 공자라고 부르지 않나?

이 정도면 눈치가 느린 사람이라도 쉽게 알 수 있었다. 연무흔이 무극검제 독고령과 혈연 관계라는 것을 말이다.

"머물 곳은 있소?"

"그건 지금부터 찾아봐야지."

돈은 충분하니 어디 객잔에 장기 투숙이라도 하면 그만이었다.

하지만 그때였다.

"굳이 그러실 필요는 없습니다. 투룡 소협."

멀리서부터 학사모를 쓴 중년인 하나가 불쑥 끼어들었다.

연무흔은 차분한 눈빛으로 그를 바라보았다.

'꽤 실력 있는 고수군.'

어쩌면 여기 있는 언지황보다도 윗줄일 가능성이 높았다.

"그대는?"

"처음 뵙겠습니다. 무림맹 군사부에 소속된 방우라고 합니다. 부족하나마 부군사의 직위를 맡고 있지요."

'부군사라. 꽤 높은 녀석이 왔군.'

하긴 사태의 심각성을 보면 충분히 올 만도 했다.

무려 무림맹의 앞마당에 적들의 진지가 숨어 있었던 것이니 말이다.

그런 것보다.

"굳이 그럴 필요가 없다는 말은 무슨 뜻이오?"

"맹주님께서 소협을 초대하셨거든요."

"……!"

주변에 있던 무림맹 사람들이 모두 놀란 표정을 지었다.

설마 맹주가 직접 그를 초청할 줄은 몰랐다는 반응.

하지만 연무흔은 전혀 놀라지 않았다.

자신이 세운 공을 생각해 보면 맹주가 관심을 갖는 것도 전혀 이상하지 않았기 때문이다.

하지만…….

"그대가 오기 전에 작은 마찰이 있었는데 괜찮겠소?"

연무흔은 아직도 기절해 있는 남궁호를 가리키며 물었다.

무림맹 출신인 인사를 두들겨 팼는데 괜찮냐는 뜻.

하지만 방우는 표정 변화 없이 고개를 끄덕였다.

"저도 멀리서나마 지켜봤기 때문에 대략적인 상황은 알고 있습니다. 백호단주가 먼저 잘못을 범했더군요."

순순히 인정하는 것을 보면 아무래도 둘은 다른 파벌인 듯했다.

하긴 현 무림맹주를 따르는 부군사와 칠대세가 출신의 무력단주가 같은 파벌일 리가 없겠지.

"맹주님도 상황을 아시게 된다면 충분히 소협의 행동을 이해하실 겁니다."

"그렇군."

"그럼, 초대를 받아들이시겠습니까?"

연무흔이 고개를 끄덕였다.

"받아들이도록 하지."

현 무림맹주와의 만남이라.

거절할 이유가 없었다.

검량을 비롯한 무극검문 사람들은 먼저 돌아갔다.

조금 더 있지 않고 바로 가는 걸 보면 무슨 일이 있기는 한 모양.

연무흔은 검량에게 무림맹에서 볼일을 끝내고 바로 가겠다고 말했다.

애초에 그렇게까지 먼 거리도 아니었으니 충분히 들를 만했다.

"이쪽입니다."

연무흔은 방우를 비롯한 소수의 무림맹원의 호위를 받으며 무림맹으로 향했다.

남궁호나 언지황은 함께 오지 않았다.

두 사람에게는 현장을 조사해야 하는 임무도 있고, 또 깨어난 남궁호는 연무흔을 대하기 껄끄러워했기 때문이었다.

"부군사다."

"그렇다면 저기 옆에 있는 게……."

"그 유명한 투룡인가?"

무림맹에 들어가자, 주변에서 수군거리는 소리가 들려왔다.

그러면서 집중되는 시선들.

개중에는 적의도 있고, 호의도 있었지만 압도적으로 많은 것은 호기심이었다.

'당연하지.'

연무흔은 최근 무림에서 가장 유명한 사람이라고 해도 무방했으니 말이다.

맨손으로 시작해 귀주의 지배자가 된 무림인이자…….

혈천교의 음모를 수도 없이 막아 낸 젊은 영웅.

그런 사람에게 관심이 가지 않을 리가 없었다.

하지만 연무흔은 그 시선 속에서 약간의 이상함을 느꼈다.

"한데 부군사. 맹주께서는 내가 거기 있는 걸 어찌 알았소?"

무림맹이 아는 것이라곤 전서구에 담긴 정보뿐이었을 텐데 말이다.

그리고 그가 알기론 전서구엔 자신이 혈천교를 친다는 말은 쓰여 있지 않았다. 연무흔이 이리 오겠다고 결심한 건 그다음이었기 때문이었다.

한데 이렇게 자연스럽게 군사를 보내 초대를 하다니…….

"별것 아닙니다. 맹주께서는 당연히 소협께서 토벌에 참

가하실 거라고 생각하셔서요."

"흐음?"

"그동안 혈천교라면 치를 떨고 그들의 음모를 막아 내시지 않으셨습니까? 단지 그것뿐입니다."

평소에도 혈천교 관련 사태가 벌어지면 나서니 이번에도 그랬을 거라는 뜻.

연무흔은 피식 웃었다.

사실 틀린 예측도 아니었기 때문이었다.

"맹주께서 꽤 생각이 깊으시군."

"세간의 평보다는 훨씬 유능한 분이시지요. 자, 이쪽입니다."

방우가 무림맹 깊숙한 곳에 있는 방으로 안내를 해 주었다.

"맹주님. 투룡 소협께서 도착하셨습니다."

"들어오게."

곧 안쪽에서 차분한 목소리가 들려왔다.

안으로 들어간 연무흔은 흥미롭다는 표정으로 상대를 바라보았다.

겉으로 봤을 땐 흰머리가 희끗한 학자 같다는 인상이 드는 사내였다.

하지만 연무흔은 알 수 있었다. 그 내면에 잠들어 있는 힘은 가공할 만하다는 것을.

당연했다.

학익검 조소학.

그는 중소문파 출신이라 뒷배는 없지만 뛰어난 실력만으로 무림맹의 맹주 자리까지 오른 강자였다.

오히려 그런 사람이 약하다면 더 이상할 것이다.

"고대하던 손님이 왔군. 앉게."

연무흔은 사양하지 않고 접견실의 의자에 앉았다.

"저는 이만 돌아가 보겠습니다."

방우는 조소학에게 고개를 꾸벅 숙이고 방에서 나갔다.

둘만 남은 방.

조소학은 연무흔에게 김이 나는 뜨거운 차를 따라 주며 입을 열었다.

"자네는 날 보고도 전혀 긴장하지 않는군."

"죄지은 것도 아닌데 긴장할 이유가 있소?"

"하핫. 당연히 없지. 하지만 무림맹주라는 이름만으로 만나기 전부터 겁을 집어먹는 이들이 꽤 있어서 말이야. 심지어 나와 적대하는 구파일방이나 칠대세가 쪽 사람들도 그렇지."

조소학은 그렇게 말하며 가볍게 웃었다.

"자네는 그러지 않아서 다행이군. 솔직히 그랬다면 조금 실망할 뻔했어. 혈천교의 음모를 수도 없이 고꾸라뜨린 영웅이 고작 그 정도에 겁을 먹다니! 하고 말이야."

"날 부른 목적이 무엇이오?"

탁.

찻잔을 내려놓은 연무흔이 직설적으로 물었다.

그에 조소학은 살짝 놀란 표정을 지었다. 하지만 그것도 잠시, 그는 쓴웃음을 지으며 말을 이었다.

"수많은 공을 세운 젊은 영웅을 보기 위해서, 라는 이유로는 안 되는가?"

"물론 되긴 하지. 하지만 그것만으로 굳이 부군사를 움직였을 것 같지는 않아서 말이오. 필히 내게 뭔가 원하는 게 있어서 불러오라고 한 거겠지. 그게 무엇이오?"

"……."

연무흔의 말에 조소학은 진지한 표정을 지었다.

"역시 밑바닥에서 시작해 순식간에 한 성을 장악한 사람답군. 솔직히 놀라울 정도야."

그는 그렇게 중얼거리더니 가볍게 한숨을 내쉬었다.

"후우, 맞네. 사실 자네에게는 원하는 게 있어서 이렇게 대면을 청한 것이지. 아마 자네도 어느 정도 짐작하고 있는 일일 테고."

조소학은 연무흔을 바라보며 물었다.

"투룡, 혹시 무림맹에 입맹할 생각은 없는가?"

이전에 언지황이 했던 것과 비슷한 제안이었다.

하지만 이번에는 그 무게감이 달랐다.

당연했다.

제안을 건넨 사람이 바로 그 무림맹주였으니까.

"자네가 무림맹에 입맹한다면 자네만을 위한 단(團)을 하나 만들겠네. 거기에 어느 정도 경험이 쌓이면 장로로 임명할 것이고, 거기서 나이를 더 먹으면 맹주 후보로 추천하겠네."

다른 사람이 들으면 입을 쩍 벌릴 만큼 후한 조건이었다.

아직 이십대인 후기지수에게 하는 것이라고는 믿기지 않을 만큼.

하지만 그런 제안을 받았음에도 연무흔의 표정은 담담했다.

그가 조용히 물었다.

"그 대가는?"

"허어……."

조소학이 쓴웃음을 지었다.

"이런 이야기를 듣고도 전혀 흔들리지 않는군. 역시 대단해."

"단순히 이런 후한 조건을 제시하는 거면 그쪽에서도 원하는 게 있을 가능성이 높다고 생각했소."

"맞네. 무림맹에 들어오는 대신 나를 지지해 주게나."

"지지라?"

"아는지 모르겠지만, 작금의 무림맹은 세 개의 세력으로 나뉘어 있네."

언지황에게 들어 이미 알고 있는 이야기였다.

맹주를 따르는 파벌, 구파일방을 따르는 파벌, 그리고 칠대세가를 따르는 파벌로 나뉘어 있다고 했지.

"다른 놈들은 지금껏 무림맹에는 관심도 없던 주제에 공을 세울 수 있는 기회가 생기자마자 승냥이 떼처럼 이 자리를 차지하려고 덤벼들더군. 벌써 각 파벌에서는 나를 끌어내리고 새로운 맹주를 선출할 준비가 끝났네."

조소학의 눈빛이 살벌해졌다.

"하지만 나는 이런 식으로 내려갈 생각이 전혀 없네! 어딜 감히 내가 평생을 바쳐 얻어낸 직위를 날로 먹으려 해? 그렇게는 안 되지."

"그래서 내 도움을 얻으려는 거요?"

"그렇다네. 혈천교와의 싸움에서 큰 공을 세운 자네가 내 편을 들어 준다면 순식간에 상황이 역전될 테니까."

틀린 말은 아니었다.

그만큼 현 무림에서 연무흔의 명성이나 영향력은 거대했으니까.

다만…….

"내가 왜 그래야 하지?"

"뭐?"

"맹주. 솔직히 말하지. 나는 그대가 건넨 제안에 일말의 관심도 없소."

"……!"

조소학이 놀란 표정을 지었다.

설마 이런 대답을 들을 거라곤 생각 못한 표정이었다.

하지만 맹주는 역시 맹주였다.

그는 화를 내지 않고 침착하게 반응했다.

"어째서인지 알려 줄 수 있겠나?"

"첫째로는 내가 무림맹에 들어가고 싶어 하지 않기 때문이오. 나는 내 문파를 키우는 데 집중하고 싶소."

"무림맹에 들어온다고 자네가 투신문주가 아니게 되는 건 아닐 텐데?"

"하지만 그만큼 소홀해지겠지. 한 번 들어가면 무림맹에서도 책임을 져야 하니 말이오."

"책임감이 대단하군."

조소학이 가볍게 한숨을 쉬며 물었다.

"첫째가 있다면 두 번째도 있겠지?"

"그렇소. 두 번째는 바로 무림맹 속 정치질에 어울리고 싶지 않다는 거요."

연무흔이 맹주를 지지하면 맹주의 세가 일순간 커지는 건 사실이었다.

하지만 그렇다고 구파일방과 칠대세가가 가만히 있을까?

그들은 어떻게 해서라도 이쪽을 찍어 누르려고 할 것이다.

그렇다면 귀찮은 뒷공작들과 견제가 난무하겠지.

연무흔은 조소학을 위해 그런 걸 감수하고 싶은 마음이 없었다.

"거기에 대해선…… 솔직히 할 말이 없군. 이런 제안을 해서 미안하네."

"괜찮소."

"다만 그대가 꼭 내 쪽으로 오는 게 아니더라도 견제하고 싶어 하는 사람은 얼마든지 있어. 예를 들면 그대가 쓰러뜨린 백호단주처럼 말일세."

"그걸 어떻게 알았소?"

"부군사가 알려 주었지. 자네에게 접촉하기 전에 미리 사람을 보내 놨거든."

어쩐지 보고도 안 하고 그냥 넘어가더니, 이미 먼저 손을 쓴 듯했다.

'꽤 유능한 사람이군.'

연무흔은 그렇게 생각하면서 조소학을 바라보았다.

"물론 그런 놈들이 있다는 건 알고 있소. 하지만 그들이 도전해 오면 백호단주처럼 만들어 버리면 그만이오."

"허어, 그들의 뒷배가 구파일방과 칠대세가라는 걸 알아도 말인가?"

"백호단주의 성이 뭔지 잊으셨소? 나는 그들의 뒷배가 누구든 신경 쓰지 않소."

그는 무려 남궁세가 사람이었다.

'그러고 보니 남궁세가와는 악연이 깊군.'

예전에 그가 죽인 남궁세가의 방계도 무림맹 출신이었는데 말이다. 남궁세가 측에서 그 사실을 걸고넘어지지 않는 게 살짝 의아했다.

"구파일방이든 칠대세가든, 내 앞길을 막는다면 치워 버리면 그만이오. 적어도 나는 그렇게 생각하오."

"그대는…… 패도(霸道)의 길을 걷는 사람이었군."

조소학이 조용히 말했다.

연무흔은 그의 눈을 똑바로 바라보며 물었다.

"그렇다면 이제 가 봐도 되겠소? 부군사의 말로는 무림맹에서 며칠간 묵을 숙소를 제공해 준다고 들었는데."

"물론이네. 대신 부탁 하나만 들어줄 수 있겠는가?"

"어떤 부탁인지에 따라 다르오."

"그리 어렵진 않은 부탁일 걸세."

잠시 뜸을 들인 조소학이 입을 열었다.

"만약 구파일방과 칠대세가 측에서도 나와 같은 제안을 한다면, 거절해 주게나."

"무슨 부탁인가 했더니."

연무흔이 피식 웃었다.

"말했잖소. 무림맹의 정치 싸움에 관여하고 싶은 마음은 없다고."

"……!"

"누가 부탁을 해도 마찬가지요. 아주 특별한 일이 일어나지 않는 이상 내가 누군가의 편을 들면서 무림맹에 들어올 일은 없을 거요."

"그래, 그거면 됐네."

조소학이 고개를 끄덕였다.

연무흔은 아직 남아 있던 찻물을 한 번에 입에 털어 넣고 자리에서 일어났다.

"그렇다면 그만 가 보도록 하겠소. 신의의 상태도 제대로 살펴봐야 해서."

"신의는 아마 의약당에 있을 걸세. 부상자들은 다 그쪽으로 먼저 보내라고 했으니 신의도 그쪽에 있겠지."

"알려 줘서 고맙군. 그렇다면 이만."

"살펴 가시게."

조소학은 자리에서 일어나 연무흔을 배웅했다.

잠시 후.

연무흔의 신형이 완전히 사라졌을 때쯤 허공에서 한 남자가 나타났다.

"아쉽군요. 투룡 정도의 전력이 힘을 보탰으면 전세가 단번에 역전되었을 텐데."

그의 정체는 맹주를 가장 가까이서 호위하는 정일남이라는 이였다.

"어쩔 수 없는 인물이지. 저만한 이를 나라는 작은 울타리 안에 가둘 수 없는 일이니. 허허."

허허 웃은 조소학은 생각보다 기분이 나빠 보이지 않았다.

그는 한층 편한 자세로 의자에 걸터앉으며 말했다.

"내 살다 살다 저 나이에 저런 경지에 오른 무인을 보게 될 줄은 꿈에도 몰랐네. 역시 장강의 뒷물결은 앞물결을 밀어내는 법인가?"

"맹주님께서 그렇게 말씀하실 정도입니까? 저는 투룡에게서 큰 인상을 받지 못했습니다만……."

"그거야 투룡이 본신의 힘을 숨기고 있어서 그렇다네. 애초에 그는 자네의 은신도 알아채고 있었어."

"예!?"

장일남이 놀란 듯 소리쳤다.

그는 맹주의 직속 호위답게 화경의 고수로 어지간한 살수보다 훨씬 은밀한 행동에 능한 무인이었기 때문이다.

작정하고 몸을 숨기면 같은 화경의 고수들도 제대로 눈치채지 못할 만큼.

한데 고작 이십 대의 애송이가 자신의 은신을 꿰뚫어 봤다니 믿기지가 않았다.

"그게 정말입니까?"

"사실일세. 티는 내지 않았지만 자네가 있는 쪽에 주의를 기울이고 있었지."

"허어."

이게 사실이라면 정말 어마어마한 일이었다.

아군으로 끌어들이지 못한 게 참 아쉬울 정도로.

'하지만 다른 쪽에도 붙지 않는다고 약속했으니까.'

투룡 정도의 사내가 그런 약속도 안 지키진 않을 것이다.

물론 구파일방과 칠대세가는 어떻게든 그를 회유하려고 들겠지만…….

'끽해야 쌓을 수 있는 건 개인적인 친분일 뿐이겠지.'

그 정도라면 상관없었다.

투룡이 어느 한쪽을 공개 지지 선언을 하는 게 아니라면 이쪽에서도 문제없었으니까.

'사실 거절당해도 어떻게든 이용해 먹을 생각이 있긴 했지만.'

소문이 아닌 실제 연무흔을 보자마자 그런 생각은 접었다.

그는 쉽게 건드려서는 안 될 사람이었다.

그런 얄팍한 수를 쓰다가 적이 된다면 그것만큼 무서운 일은 없으리라.

"부군사에게 말해 최대한 편의를 봐주라고 해야겠군."

이왕 이렇게 된 이상, 최대한 좋은 인상을 남기는 편이 좋을 것이다.

조소학은 그렇게 생각하고 자리에서 일어났다. 이제 업무로 돌아갈 시간이었다.

근처에 있던 무림맹원에게 안내를 받은 연무흔이 의약당에 도착했다.

과연 무림맹답게 의약당의 규모만 해도 투신문에 있는 곳의 세 배는 되는 것 같았다.

연무흔이 자신의 신분을 밝히자 그는 곧 안으로 안내받을 수 있었다.

"자네 왔는가."

그곳에는 피곤해 보이는 신의가 휴식을 취하며 그를 반겨 주었다.

연무흔이 그의 상태를 살피며 물었다.

"몸 상태는 좀 어떻소?"

"그렇게 좋지는 않다네. 하지만 마음만은 그 어느 때보다 편해."

신의가 눈시울을 붉히며 말을 이었다.

"솔직히 이 모든 게 꿈이 아닐까 걱정될 정도라네. 자고 일어나서 눈을 뜨면 다시 그 고문실로 돌아가 있지 않을지……."

"그런 일은 없을 것이오."

"그렇겠지. 자네가 나를 구했으니까. 다시 한번 정말 고맙네."

신의는 불편한 몸을 일으켜 다시 한번 고개를 숙였다.

"혹시 내게 원하는 게 있다면 얼마든지 말해 주게. 나를 그 지옥에서 꺼내 준 은인의 부탁이라면 무엇이든 들어줄 테니."

"이전에 말했듯 그대가 본 문에 들어와 주는 것 정도면 충분하오. 그거 이외엔 바라는 게 없소."

"투신문에 말인가?"

신의는 알겠다는 듯 고개를 끄덕였다.

"내 그렇게 하겠네. 듣자 하니 자네는 혈천교 놈들의 음모를 몇 번이나 막아 낸 영웅이라고 하더군. 그런 영웅이 이끄는 문파에 들어갈 수 있다면 더할 나위 없을 걸세."

예상했던 대로 신의의 반응도 호의적이었다.

연무흔은 만족스러운 미소를 지었다.

저렇게까지 말하는 걸 보면 다른 특별한 일이 없는 이상 신의의 합류는 확정적이라고 봐야 했다.

'그렇다면 머릿속에 있는 다른 영약을 만들 수 있는 가능성이 높아지겠어.'

지금까지 투신문에서 자체 생산할 수 있는 영약은 화정하나.

하지만 신의의 도움이 있다면 대략적으로는 아는데 정확히 어떻게 만들지 모르는 영약들도 도전해 볼 수 있으리라.

그가 지금까지 시도를 안 했던 건 약학지식이 부족해서

였지 대략적인 방법을 몰라서 그랬던 건 아니었기 때문이었다.

"아, 그리고 자네가 구한 다른 사람들도 자네에게 은혜를 갚고 싶어 한다네. 나와는 다른 방에서 쉬고 있으니 한번쯤 만나 보는 것도 나쁘지 않을 것이야."

"그러겠소."

비록 처음부터 그들을 구하려는 의도가 있었던 것은 아니지만…….

어쨌든 은혜를 갚겠다는데 그들과 인사를 주고받아서 나쁠 건 없었으니 말이다.

연무흔은 신의가 있던 방에서 나와 다른 방으로 찾아가 보았다. 그러자 혈천교에 잡혀 있던 이들 중 덩치 큰 중년의 사내가 그를 반겨 주었다.

"쿨럭! 은공을 뵙습니다."

"굳이 그렇게 일어나지 않아도 좋소. 몸은 좀 어떠시오?"

"고문의 후유증으로 아직 불편하긴 합니다만……."

중년의 사내는 쓴웃음을 지으며 말을 이었다.

"그래도 잡혀 있는 것보다는 훨씬 낫지요. 다 은공 덕분입니다. 다시 한번 정말 감사합니다."

그는 그렇게 말하며 불편한 몸으로 읍을 했다.

연무흔은 고개를 끄덕이며 그의 인사를 받아 주었다.

중년의 사내가 계속해서 말을 이었다.

"한데 듣자 하니 신의 어르신께서 투신문에 몸을 의탁하셔서 은혜를 갚는다고 하시더군요. 은공, 저도 투신문에 받아 주실 수 없겠습니까? 어차피 가족도 없는 몸, 열과 성을 다해 은공께 은혜를 갚겠습니다."

사내는 마치 끓는 듯한 눈빛으로 연무흔을 바라보며 말했다.

연무흔은 곧바로 대답하지 않고 사내를 살폈다.

사내가 어떤 인물인지 파악되지 않았으니까.

그런 연무흔의 기색을 눈치챘는지 사내가 아차하며 말했다.

"아, 죄송합니다. 제가 경황이 없어 자기소개를 먼저 하지 못했군요. 저는 북경에서 살던 대장장이인 도현모라고 합니다."

그는 연무흔을 똑바로 바라보며 말을 이었다.

"본래 황실무고에 무기를 납품하는 일을 하고 있었지요."

……황실무고라?

5장

연무흔은 새삼스럽다는 눈으로 도현모를 바라보았다.

황실무고에 무기를 납품하는 대장장이라니.

생각보다 거물이었기 때문이다.

'보통 황실의 무기 같은 건 황실 전용 공방에서 만들지.'

하지만 간혹 민간에서 실력이 뛰어난 대장장이들을 뽑아 납품 계약을 하는 경우도 드물게 있었다.

그리고 그런 이들의 실력은 장인(匠人)들 중에서도 장인이라고 불릴 만큼 뛰어난 경우가 대부분이었다.

어째서 혈천교가 도현모를 납치했는지 알 수 있는 부분이었다.

하나 의문이 아예 사라진 건 아니었다.

"황궁에 납품을 하는 그대를 납치하기는 쉽지 않았을 텐데?"

정확히 말하자면 납치는 쉽지만, 뒤처리가 어려웠다.

자신들과 거래하는 대장장이가 사라진다면 황궁에서 조사를 나올 테니까.

"예. 본래라면 쉽지 않았겠지요. 하지만 놈들은 저를 납치하기 위해 개수작을 부렸습니다."

그들은 도현모로 위장한 대역이 강에 빠져 죽은 것처럼 연기했다고 한다.

가족이나 제자가 따로 없기에 가능한 일이었다.

그를 아는 사람이 없다면 증거를 조작하는 것은 쉬우니 말이다.

연무흔은 그 이야기를 듣고 도현모의 속셈을 짐작할 수 있었다.

"북경으로 돌아가면 또 납치당할까 봐 두렵나 보군."

"……!"

도현모의 몸이 흠칫 떨렸다.

그걸 어떻게 알았냐는 표정.

"하긴 당연히 그런 생각을 할 만하오. 이번에는 운이 좋아 이렇게 구출될 수 있었으나, 혈천교가 그대를 다시 노리지 않는다는 보장은 없으니까. 오히려 한 번 납치했던 만큼 다시 기를 쓰고 납치하려고 들지도 모르지."

"……하지만 은혜를 갚으려는 마음 또한 진심입니다."

"알고 있소. 그리고 앞서 한 말도 그대를 질책하려고 한

게 아니니 안심하시오."

연무흔이 담담하게 말했다.

자신의 안위를 위해 이렇게 제안한 것?

그게 뭐 어쨌단 말인가.

오히려 똑똑하다며 칭찬을 할 만한 일이었다. 사람이 살려고 하는 건 잘못된 일이 아니었으니 말이다.

'게다가 내 입장에서도 손해 볼 건 하나도 없다.'

민간에서 일하면서 황실무고에 납품했다는 것은 그가 상당한 실력을 가진 장인이라는 증거였다.

그런데 그를 보호해 주는 대가로 투신문에 합류시킬 수 있다?

손해 보지 않는 걸 넘어 큰 이익을 보는 거나 마찬가지였다.

안 그래도 실력 좋은 장인은 귀한 존재니 말이다.

"투신문에 온 것을 환영하오. 그대도 몸이 낫는 대로 나와 함께 가도록 하지."

"감사합니다!"

연무흔의 말에 도현모가 활짝 웃으며 고개를 숙였다.

연무흔 또한 빙긋 웃으며 그의 인사를 받아 주었다.

'혈천교 놈들이 도움이 될 때도 있군.'

안 그래도 필요했던 의원과 대장장이를 이렇게 준비해 주다니 말이다.

물론 혈천교인들이 들었으면 피눈물을 흘리며 욕을 해댔을 생각이었지만 연무흔은 개의치 않았다.

그는 이어서 나머지 포로들에게도 방문했다.

그들은 앞선 두 명과 마찬가지로 연무흔을 은인으로 극진하게 대했다.

'태청표국과 거래하던 상단주의 딸과 운 나쁘게 붙잡힌 무림맹원 두 명인가.'

나머지 셋은 신의나 도현모처럼 투신문에 합류하겠다거나 그런 소리는 하지 않았다. 그들 모두가 돌아갈 곳이 있었기 때문이었다.

하지만 그렇다고 해서 기분이 나쁘거나 하진 않았다.

애초에 저 두 사람이 특이한 상황인 거지, 본래는 이게 정상이었으니 말이다.

'포로들은 다 봤고…… 남은 건 시혈독인으로 붙잡혀 있던 두 사람인가.'

하지만 연무흔은 그들을 보지는 못했다.

그들은 혹시 모를 폭주의 위험성을 대비해 무림맹 뇌옥 깊은 곳에 숨겨져 치료를 받는 중이었기 때문이었다.

그냥 상처만 치료하는 건 아니고 무림맹 또한 마기를 몰아내는 어떤 방법을 사용하는 중이라고.

'그렇다면 어쩔 수 없지.'

연무흔은 그들을 만나길 깨끗이 포기했다.

어차피 평생 못 보는 것도 아니고 나중에 들러 인사나 받으면 그만이었다.

그는 그 길로 다시 신의를 찾아갔다.

당연히 벌써 출발하자고 하려고 한 것은 아니고, 잠시 다녀오겠다는 말을 남기기 위해서였다.

"무극검문에 들렀다 오겠다고?"

"그렇소. 나는 굳이 여기서 치료를 받을 필요는 없으니까. 그렇게 오래 걸리진 않을 테니 푹 쉬고 계시오."

"하지만 자네도 전투를 치른 지 얼마 안 됐지 않나?"

"그 정도면 전투라고 부를 수도 없지."

연무흔이 가볍게 웃으며 농을 건넸다.

하지만 신의는 감탄한 기색이었다.

"하루 빨리 몸을 회복시키고 있겠네. 자네와 함께 떠날 날을 기대하지."

"나 또한 그렇소. 그렇다고 너무 무리하진 말고."

"물론일세. 내가 누구인지 잊었는가?"

확실히 신의를 상대로 건강에 관한 조언을 할 필요는 없을 것이다.

씨익 미소를 지은 연무흔이 신의의 방에서 나왔다. 그러곤 가볍게 짐을 챙겨 무림맹 밖으로 나왔다.

목적지는 무극검문.

그의 조부가 있는 곳이었다.

무극검문까지의 여정은 그리 오래 걸리지 않았다.

아니, 사실 여정이라고 할 것도 없었다. 전력으로 경공을 펼쳐서 달리니 하루도 지나지 않아 도착했으니까.

"아, 투신문주님!"

무극검문의 앞을 지키고 있던 수문위사가 아는 척을 해왔다.

그는 반갑다는 듯 웃으며 안으로 안내해 주었다.

"안 그래도 언제 오시나 기다리고 있었습니다. 안으로 드시지요."

다시 방문한 무극검문은 역시 웅장한 자태를 뽐어내고 있었다.

무림맹과 비교해도 손색이 없을 정도로.

연무흔은 수문위사의 안내를 받으며 성큼성큼 안으로 걸어갔다.

하지만 그는 곧 뭔가 이상한 사실을 하나 깨닫고 말았다.

'주변에 사람이 왜 이리 없지?'

무극검문의 부지는 크고 넓은데 중간에 마주치는 사람이 한 명도 없었다.

마치 다들 어딘가로 간 것처럼.

하지만 길안내를 하던 수문위사에게 그 사실을 묻기도

전이었다. 멀리서부터 반가운 음색이 들려왔다.

"무흔아!"

"……문주님."

그의 정체는 바로 연무흔의 조부인 무극검제 독고령이었다.

본래 자신의 집무실에 있어야 할 그였지만 연무흔이 온다는 소식을 듣고 여기까지 마중을 나온 것이었다.

"저는 이만 원래 임무로 복귀하도록 하겠습니다. 다음에 뵙도록 하지요."

길안내를 하던 수문위사는 눈치껏 인사를 하고 빠졌다.

연무흔은 그에게 손을 흔들어 준 다음 독고령을 바라보았다.

독고령은 예상대로 상당히 흥분해 있었다.

"이게 얼마 만이더냐? 생일잔치 이후로 처음이지?"

"예."

"그렇게 오랜 시간이 지나진 않았는데 정말 많이 컸구나. 그야말로 일취월장이 따로 없어!"

역시 이 시대의 최고수들 중 한 명이라고 할까?

독고령은 곧장 연무흔이 숨기고 있는 실력을 알아보고 감탄을 표했다.

사실 그럴 만도 하긴 했다.

그때의 연무흔 또한 그 나이대의 후기지수들보다 훨씬

강한 실력을 가지고 있었는데…….

투신지로의 삼단계에 진입한 지금은 그때와도 비교할 수 없을 정도로 강해졌기 때문이었다.

'이제 슬슬 과거의 기억을 되찾을 수 있겠어.'

이제 구 패왕성이 위치한 일월신교에 찾아가도 그냥 죽지는 않을 것 같으니 말이다.

그와는 별개로 투신지로의 경지가 높아질수록 뭔가 생각나는 게 있는 것 같기도 했고.

하지만 연무흔은 곧 그런 생각들을 머릿속에서 지웠다.

그거야 나중에 생각할 일이고 당장 눈앞에 있는 사람을 대하는 게 먼저였기 때문이다.

"문주님에 비하면 아직 멀었습니다. 한참 정진해야지요."

"무슨 소리. 내가 네 나이대엔 화경의 벽을 두들겨 보지도 못했단다. 아니, 그보다 그 문주님이라는 호칭은 언제까지 쓸 생각이더냐?"

독고령이 싱글벙글 웃으며 물었다.

살짝 의아해진 연무흔이 반문했다.

"저희 관계는 일단 숨기는 편이 낫다고 하시지 않으셨습니까?"

"어차피 지금 여기는 우리 둘밖에 없지 않느냐. 게다가……."

독고령이 진지한 표정으로 말했다.

"네 실력을 보니 슬슬 정식으로 밝힌다고 해도 상관없을 것 같구나. 원래는 내 손주인 게 알려 지면 너를 죽이고 싶어 하는 놈들이 날뛸까봐 숨긴 거였는데 이제 그런 놈들한테 죽을 것 같지는 않아서 말이다."

"하지만 여기서 제 혈통이 밝혀지면 광이가 곤란해지지 않겠습니까?"

독고광은 독고령의 종손으로 현 무극검문의 후계자였다.

여기서 독고령의 손자인 연무흔이 나타난다면 그의 지위가 흔들릴지도 몰랐다.

하지만 독고령은 대수롭지 않다는 듯 피식 웃었다.

"광이도 이미 동의한 일이다. 게다가 어차피 넌 무극검문의 소문주 자리에 관심도 없지 않느냐?"

"그건 그렇지요."

연무흔은 빠르게 긍정했다. 이미 한 번 결론을 내린 이야기였기 때문이다.

"네 정체가 밝혀진다고 해도, 너는 그냥 투신문주이자 무극검문의 든든한 동맹으로 남아 주면 되는 일이란다. 내가 직접 해명하면 혼란도 금세 잦아들겠지."

"만약 밝히게 된다면 저 또한 소문주 자리에는 관심이 없다고 해명하겠습니다."

그 말이 고마웠는지 독고령이 감격했다는 표정을 지었다.

"그렇게 말해 주니 고맙구나. 그나저나 슬슬 안으로 들어가지 않겠느냐? 그간 있던 이야기를 듣고 싶다만."

"예. 한데 그전에 하나 여쭤봐도 되겠습니까?"

"무얼?"

"다들 어디 간 겁니까?"

무극검문이 휑해진 걸 두고 한 말이었다.

독고령은 무슨 소리를 하려는지 알겠다는 표정을 지었다.

"지금은 수련 시간이라 대부분 연무장에 있단다. 보러 가겠느냐?"

연무흔은 고개를 끄덕였다.

두 사람은 좀 더 떨어진 곳에 있는 무극검문의 연무장에 도착했다. 확실히 연무장에는 상당히 많은 사람들이 수련에 매진하고 있었다.

'역시 무극검문이군.'

한 명 한 명의 평균적인 수준이 투신문과는 비교할 수 없을 정도로 높았다.

물론 여기 있는 이들은 무극검문 중에서도 정예인 것 같았지만, 그걸 감안해도 대단했다.

"문주님을 뵙습니다!"

독고령의 존재를 알아본 누군가가 쩌렁쩌렁하게 선창하자 나머지도 예를 취하며 인사했다.

독고령은 그들의 인사를 받아 주고는 다시 연무장에서 나왔다.

“저번에 왔을 때랑 느낌이 좀 다르군요. 또 인원도 적고요.”

“조금 더 진지한 분위기지?”

독고령의 생일 때문에 머무른 무극검문은 좀 더 자유롭고 편해 보였는데 말이다. 지금의 무극검문은 날카로운 긴장감이 문도 전원에게 엿보였다.

“업무를 보고 있는 다른 문도들은 지금 본 문의 보호를 받는 사업체에 가서 업무를 보고 있단다. 같은 곳에서 근무하는 인원을 평소보다 늘려서 사람이 이렇게 없어 보이는 것이야.”

“무슨 일이라도 난 겁니까?”

연무흔이 직설적으로 물었다.

실전을 앞둔 것 같은 정예 병력들의 훈련이나…….

사업체를 보호하기 위해 문도들을 파견했다는 이야기는 무슨 일이 났다는 너무 명확한 증거였으니까.

독고령은 숨길 생각이 없는지 고개를 끄덕였다.

“그래. 문제가 하나 생겼지. 너도 알고 있는 녀석들이 사고를 쳤다.”

“사고라고 하시면…….”

연무흔은 이어지는 독고령의 말에 인상을 놀란 표정을 지었다.

“수라권종이 본문을 상대로 전쟁을 선포하려고 하고 있

단다."

"수라권종이 말입니까?"

"그래. 놈들이 기어이 선을 넘었다. 얼마 전에 우리가 운영하는 사업체를 공격해 피해를 입혔지. 그 과정에서 문도 다섯 명이 크게 다쳤단다."

"정신이 나갔군요. 왜 그랬답니까?"

"그 사업체가 본래 자신들 것인데 우리가 빼앗아 갔다고 하더구나. 어처구니가 없는 핑계지."

연무흔의 눈이 가늘어졌다.

사실 생각해 보면 두 세력이 싸우는 건 그리 놀라운 일은 아니었다.

무극검문과 수라권종이 다투는 건 하루 이틀 일이 아니었으니까.

'다만 문제는 시기지.'

혈천교와 정파 무림의 갈등이 심화되고 있는 이 시기에, 두 거대 세력이 전쟁을 벌인다?

무림에 미칠 파장은 장난이 아닐 것이다.

아마도 대격변이라 부를 수준의 변화가 일어나게 될지도 몰랐다.

'수라권종이 그걸 모르는 것도 아닐 텐데.'

왜 굳이 이런 시기에 그런 무리한 수를 두는 걸까?

'아니, 오히려 이런 시기니까 그런 걸 수도 있겠군.'

이때가 아니면 무림맹을 비롯한 정파 무림의 간섭을 피할 수는 없을 테니 말이다.

무극검문과 결판을 내려면 지금이 적기라고 판단했을 수도 있을 터.

하지만 그렇다고 수라권종의 행동에 대한 의문이 사라지는 건 아니었다.

"섣불리 전쟁을 일으켰다간 자기들도 엄청난 피해를 입을 텐데요."

"그래. 객관적으로 봤을 때 놈들과 우리의 전력은 비슷하니 말이다."

독고령이 고개를 끄덕였다.

"뭔가 생각이 있다는 것이겠지. 흥. 하지만 무슨 비열한 계책을 들고 오든 간에 놈들 생각대로 되진 않을 게다."

그의 표정을 보아하니 이미 결심을 굳힌 듯했다.

하긴 한 문파의 수장으로서 이런 도발을 받았으면 가만히 있을 수 없을 것이다.

당장 연무흔만 하더라도 비슷한 이유로 뇌천궁을 박살내 버리지 않았던가?

잠시 고민하던 연무흔이 말했다.

"조부님, 저도 돕겠습니다."

"뭐?"

듣고 있던 독고령의 눈이 휘둥그레졌다.

설마 이런 이야기를 들을 줄은 몰랐다는 표정이었다.

하지만 연무흔은 진지했다.

"괜히 이런 소리를 하는 건 아닙니다. 어쨌든 투신문과 무극검문은 공식적으로도 동맹이 아닙니까?"

"그건 그렇지."

"게다가 저는 조부님의 손자입니다. 조부님께서 전쟁에 나서신다는데 가만히 있을 수는 없습니다."

그는 그나마 하나 있는 혈육을 잃고 싶진 않았다.

게다가 무극검문이 무너지면 투신문 또한 좋지 않은 영향을 받을 테고 말이다.

'또, 수라권종 놈들이 왜 이런 일을 벌였는지 궁금하기도 해.'

"애야……!"

연무흔의 이야기를 들은 독고령은 감격한 듯 눈시울을 붉혔다.

그는 솔직히 도움을 받을 거라고 생각도 못 하고 있었다.

그야, 자신은 손자에게 해 준 게 별로 없지 않은가.

그런데도 이렇게 도와주려고 하다니…….

"정말 고맙구나. 정말 고마워."

새삼 울컥한 마음이 들었다.

연무흔은 그런 조부에게 희미하게 웃어 주었다.

"너무 그러시지 않아도 괜찮습니다. 저도 어느 정도는

저를 위해서 하는 일이니까요.”

지금도 엄청난 명성을 떨치고 있는 그가 수라권종과의 전쟁에서도 활약한다?

그렇다면 그 누구도 더 이상 연무흔을 후기지수 따위로 대하지 못하리라.

하지만 그렇게 말을 했음에도 독고령은 감격했다는 기색을 숨기지 않았다.

아무래도 연무흔의 말을 자신의 부담을 덜어 주기 위한 말로 생각하는 듯했다.

“설령 네가 그렇게 생각한다고 해도 고맙다는 사실은 변하지 않는단다. 아참, 빨리 이 소식을 다른 아이들에게도 알려야겠구나. 네가 함께 한다고 하면 분명 다들 좋아할 거다.”

독고령이 살짝 흥분한 채로 말할 때였다.

멀리서 두 사람을 향해 다가오는 인영이 있었다.

연무흔도 저번에 방문했을 때 마주친 적 있는 간부였다.

그는 독고령 옆에 연무흔이 있다는 것에 놀란 표정을 짓더니 이내 예를 취했다.

“문주님을 뵙습니다.”

“한월. 무슨 일인가?”

손주를 상대할 때와 다르게 상당히 근엄해진 말투의 독고령이 물었다.

한월이라고 불린 간부는 독고령의 눈치를 살피며 조심스럽게 말했다.

"지금 가 보셔야 할 것 같습니다. 수라권종에서 사신단을 보내왔습니다."

"뭐야!"

독고령의 눈에 쌍심지가 켜졌다.

세 사람은 사신단이 도착했다는 서문으로 이동했다.

그곳에는 벌써 흉흉한 분위기가 감돌고 있었다.

사신단은 총 다섯 명으로 구성되어 있었는데, 무극검문의 무인들이 그들을 둘러싸고 위협을 가하고 있었기 때문이다.

"모두 물러나라."

하지만 그런 분위기는 독고령의 말 한마디에 싹 사라지고 말았다.

순식간에 살기가 가라앉고, 무극검문의 무인들이 뒤로 물러났다.

독고령은 성큼성큼 사신단을 향해 다가갔다. 그의 눈에는 숨길 수 없는 적의가 감돌았다.

사신단의 대표가 포권을 취하며 인사했다.

"무극검제님을 뵙습니다."

"권랑(拳狼). 수라권종에서 여기까지는 무슨 일이지? 네놈 같은 간부가 직접 온 걸 보면 드디어 선전 포고를 하러 온 것이냐?"

아무래도 권랑이라는 사신은 수라권종 내에서도 상당히 높은 직위에 있는 인물인 듯했다.

그 증거로 겉보기에 느껴지는 무력도 무척이나 뛰어났고.

연무흔은 침착하게 사신단과 독고령의 대화를 지켜보았다.

권랑이라는 자는 독고령이 내뿜는 압박감에 식은땀을 흘리면서도 차분히 말을 이었다.

"그런 건 아닙니다. 종주께서는 사소한 오해 때문에 두 문파 간에 전면전을 치르기를 원하지 않고 계십니다."

"사소한 오해? 너희 잡것들이 멋대로 우리 사업체에 쳐들어와서 시비를 건 게 어떻게 사소한 오해가 되는 거지?"

"전에 전달드렸다시피 그곳은 원래……."

"입 다물어라. 네놈들의 구구절절한 변명을 듣는 것도 이제 지긋지긋하니까. 그래서 싸울 거냐, 말 거냐?"

"……종주께서는 십연전을 원하십니다."

"뭐?"

독고령이 인상을 찌푸렸다.

십연전.

말 그대로 열 번의 전투를 벌여 승패를 정하는 방식이었다.

연전이라는 말답게 한 번 이긴 사람은 계속 싸울 수 있었다. 이론상 모든 적을 한 사람이 상대하는 것도 가능했다.

"하진성 그놈은 대체 무슨 꿍꿍이로 이런 제안을 한 거지?"

"저는 종주님의 뜻을 알지 못합니다. 다만 그분의 말씀을 전할 뿐."

권랑은 그렇게 말하며 고개를 숙였다.

독고령의 미간에 골이 깊어졌다.

상당히 고심하는 표정이다.

'언뜻 듣기엔 나쁘지 않은 방법이긴 하군.'

이 방식대로라면 승패를 가리더라도 인명 피해는 그리 크지 않다.

게다가 일대일 대결인 이상 깔끔하게 승패가 결정될 테고.

'다만 저쪽에서 먼저 이런 제안을 했다는 건…….'

아마 이 방식에 자신이 있다는 뜻일 터.

그러니 독고령은 고민을 할 수밖에 없으리라. 하지만 연무흔이 그런 생각을 할 때였다.

'음?'

어딘가에서부터 시선이 느껴졌다.

시선의 주인을 쫓으니 사신단으로 온 한 여인이 보였다.

그녀는 새카만 면사를 뒤집어쓰고 있었는데, 붉은 기가 감도는 눈동자만은 무척이나 또렷하게 보였다.

"……."

입 부근의 면사가 조금씩 흔들리는 게 그녀가 뭐라고 중얼거리는 것 같다.

동시에 좀 더 또렷하게 보이는 여인의 눈동자.

마치 빨려 들어갈 것만 같은 기분이었다.

정신이 몽롱해지고, 온 신경이 그녀에게 집중…….

"하."

연무흔이 코웃음을 치켜 투신기를 최대로 끌어 올렸다.

사아아아아악!

"……!"

연무흔과 눈이 마주친 여인이 옴짝달싹 못 하고 멈춰 섰다.

그녀의 눈동자에 공포가 서렸다.

연무흔이 최대한의 살기를 끌어 올려 그녀 한 명에게 집중시켰기 때문이다.

이내.

"쿨럭!"

"……!"

돌연 여인이 피를 토했다.

같이 온 사신단들이 깜짝 놀라 그녀의 상태를 살폈다.

겉으로 보기엔 마치 기혈이 꼬여 내상을 입은 것 같았다.

"무, 무슨?"

그녀와 함께 온 권랑이 이해할 수 없다는 듯 중얼거렸다. 그 모습을 본 독고령이 코웃음을 쳤다.

"수라권종에 인재가 없긴 한가 보군. 이렇게 병자까지 끌어들여 사신단으로 보낼 정도면 말이야."

"무극검제시여. 이건……."

"되었다. 더 이상 네놈들과 할 이야기는 없으니. 제안은 수락할 테니 추후에 시기와 장소를 논하겠다."

이제 볼일은 다 봤으니 꺼지라는 태도였다.

권랑은 입술을 꽉 깨물고 고개를 끄덕였다. 곧 여인을 부축한 사신단이 급하게 자리를 떴다.

독고령이 연무흔의 어깨를 두드려 주었다.

[왜 그랬는지는 모르겠지만 잘했다.]

연무흔은 그저 의미심장한 눈으로 사신단이 떠나간 자리를 바라볼 뿐이었다.

"……그래서, 그렇게 그냥 돌아왔다고?"

하진성은 보고를 하러 돌아온 권랑을 보며 차분하게 물었다.

권랑은 말없이 고개를 끄덕였다.

하진성은 그를 질책하는 대신 고개를 돌려 누군가를 바라보았다.

"염호. 이게 어떻게 된 것이오?"

"흐음."

염호라고 불린 사내는 곤란하다는 듯 침음을 흘렸다.

지금 이 상황은 그조차 예상하지 못한 것이었으니까.

염호가 대답하지 못하자 하진성이 쏘아붙였다.

"우리는 그대를 믿고 이번 일을 벌였소. 그대의 제자가 환혼술로 무극검문의 간부를 꾀어 낼 수 있을 줄 알았단 말이오. 한데 이게 뭐요? 일은 실패했고, 그대의 제자는 술법의 반동으로 기혈이 뒤틀려 버렸소. 이건……."

"이쪽의 실수지. 그렇게 하나하나 알려 주지 않아도 나도 알고 있소."

염호는 한숨을 내쉬며 하진성의 말을 끊었다.

누군가 다른 사람이 본다면 경악했을 만한 일이었다.

파천권황 하진성은 이 무림을 이끌어 나가는 거인 중 한 명이었기 때문이다. 그런데 그런 사람의 말을 고작 무명의 객이 멋대로 끊어 버리다니.

"……."

하지만 놀랍게도 하진성은 가볍게 인상을 찌푸릴 뿐 사내의 행동을 크게 질책하지 않았다.

그는 대신 차가운 목소리로 말할 뿐이었다.

"앞으로의 실수는 용납되지 않을 거요. 설령 그대가 곤륜(崑崙)에서 온 사람이라고 해도."

곤륜이라는 말에 염호의 표정이 변했다. 어딘가 비웃는 것 같은 미소였다.

"내가 곤륜의 일원이라는 걸 알면서도 잘도 그런 소리를 하시는군."

"흥. 어차피 말단인 주제에……."

"말싸움을 하려는 거면 됐소. 지금 중요한 건 그게 아니니까. 거기, 권량이라고 했던가? 내 제자가 환혼술을 걸려고 했던 자가 투신문주 연무흔이 맞나?"

권량은 마음에 안 든다는 듯 대답했다.

"맞소. 그녀의 말에 따르면 환혼술에 걸리는 듯하다가 갑자기 엄청난 살기를 뿜어내서 집중을 흩뜨렸다고 하더군."

"하! 운명이란 참으로 기이하군. 설마 그 자리에 연무흔이 있을 줄이야."

"그 애송이 놈이 거기 있었다는 건 좀 놀랍지만, 그게 무슨 의미가 있소?"

"큰 의미가 있소. 아주 큰 의미가. 그는 어쩌면 우리의 계획 중 가장 큰 걸림돌이 될 인물일 가능성도 있거든."

"그깟 애송이 놈이 말이오?"

하진성이 살짝 놀랐다는 듯 되물었다.

하지만 염호는 무슨 소리냐는 표정을 지었다.

"그깟 애송이가 아니오. 놈은 이미 거물이라고 불릴 정도로 성장했지. 본래라면 이때쯤 무림은 혈천마종(血天魔宗) 때문에 혼란스러워야 할 텐데, 놈의 존재 때문에 혈천마종은 등장과 동시에 반쯤 몰락했잖소."

"……."

"어쩌면 무극검종(武極劍宗)을 멸망시키겠다는 그대들의 계획도 놈 때문에 저지될지 모르지."

"그런 일은 없을 것이오."

"글쎄, 정말로 그럴까?"

염호는 하진성을 바라보며 빙긋 웃었다.

잠시 침묵이 있고 난 후.

"종주. 내가 부탁 하나만 해도 되겠소?"

"부탁이라?"

"그렇소. 그대에게는 그렇게 어렵지 않은 일일 것이오."

염호가 싸늘해진 눈빛으로 말을 이었다.

"이번 십연전에서 투신문주 연무흔을 죽여 주시오."

"……!"

사신단이 떠난 후, 무극검문에서는 회의가 열렸다.

참가자는 독고령과 연무흔을 비롯한 그 자리에 있는 모든 간부들이었다.

독고령은 시작하기에 앞서 연무흔이 도와준다는 것을 밝혔다.

"투신문주님이 도와주신다면 천군만마를 얻은 거나 다름없지요."

"역시 투신문은 본문의 좋은 동맹입니다!"

"앞으로 잘 부탁드리겠습니다. 투신문주님."

대부분의 간부들은 쌍수를 들고 환영했다.

연무흔의 강함이야 이미 전 무림에 알려져 있는 상황이었으므로.

게다가 그는 저번에 수라권종의 소종주를 박살 내지 않았던가?

만약 연무흔이 십연전에 참여한다면 그것만으로 적의 사기는 꽤나 꺾일 것이었다.

무극검문 입장에선 그것만으로도 큰 도움이었다.

"한데 조금 의아하구려. 정말 동맹이라는 이유만으로 이렇게 온 것이오?"

하지만 순수히 기뻐하는 이들만 있는 건 아니었다.

몇몇은 의심스러운 눈빛으로 연무흔을 보기까지 했다.

그도 그럴 게, 그냥 생각 없이 돕겠다고 하기엔 수라권종의 덩치가 너무 컸기 때문이다.

의리를 위해 무림에서도 손에 꼽히는 적과 싸우려고 든다?

솔직히 흔한 일은 아니었다. 그렇기에 뭔가 다른 꿍꿍이가 있나 의심한 것이다.

"장로님! 본문을 도와주러 오신 분에게 무슨 소리십니까!"

"나는 그저 확실히 하기 위해 말했을 뿐이오."

"그건 그렇지만……."

순식간에 회의장은 고성이 오가는 싸움터가 되었다.

짝.

박수 소리와 함께 그것을 진정시킨 건 연무흔이었다.

"확실히 타당한 추측이오. 혈맹이 아닌 이상 이렇게 문주가 직접 와서 동맹을 돕는 일은 흔하지 않지."

"그 말은 다른 이유가 정말 있다는 거요?"

"아니, 투신문과 무극검문이 혈맹이라는 소리요. 정말 말 그대로의 의미로."

연무흔은 독고령을 흘깃 보았고, 독고령은 선선히 고개를 끄덕였다.

연무흔은 간부들을 둘러보며 입을 열었다.

"이 기회에 밝혀 두겠소. 무극검제 독고령 님은 사실 내 친조부님이시오."

"……!"

모두가 경악한 듯 입을 쩌억 벌렸다.

몇몇은 이게 정말이냐는 듯 독고령을 바라보았다.

독고령은 그들을 향해 살짝 고개를 끄덕여 주었다.

정말이라는 소리다.

"화, 확실히……."

"어쩐지 젊은 나이인데도 어마어마하게 강하다고 생각했지."

"문주님의 손주였다면 뭔가 이해가 되는군."

"게다가 투신문이 크기도 전부터 이상할 정도로 챙겨 주지 않았었나? 그때는 단순히 문주께서 투신문주의 잠재력을 알아봐서 그런 줄 알았는데……."

그들은 그간의 행적이 이해가 된다는 듯 이야기를 주고받았다.

하지만 이내 혼란스러운 표정을 지었다.

"만약 문주님의 친손자가 살아 있다면……."

"그렇다면 본문의 후계는 투신문주가 되는 건가?"

"그렇진 않소."

연무흔은 혹시라도 모를 오해를 단숨에 끊어 버렸다.

"어찌 되었든 나는 오랜 시간 무극검문을 떠나 있던 외인이오. 그런 사람인 만큼 염치없이 소문주 자리를 차지할 생각은 없소. 나는 무극검문의 소문주로 현 소문주인 독고광을 지지하오."

"무흔이의 말이 맞다."

독고령이 근엄한 표정으로 말을 이었다.

"무흔이가 내 친손자인 것은 사실이나, 그로 인해서 본문의 후계 구도가 변하거나 하지는 않을 것이다. 이는 오랜 시간 고민해서 내린 결정이니 다들 알아 두도록."

"예! 문주님."

자리에 있던 무극검문의 간부들이 고개를 끄덕였다.

하지만 그들 중에는 아쉽다는 표정을 짓는 이들도 있었다.

젊은 나이에 화경의 경지에 까지 오른 연무흔이 후계에 더 적합하다고 생각하다는 이들이었다.

독고광 또한 또래 중 재능이 출중하긴 하지만, 연무흔에 비할 바가 아니었기 때문이었다.

"그렇다면 수라권종 놈들과의 십연전을 어떻게 할지 결정하도록 하지."

하지만 그들이 아쉬워하든 말든 회의는 이어졌다.

여기서 진짜 중요한 건 연무흔이 아니라 수라권종과의 싸움이었기 때문이다.

다시 한번 많은 의견과 고성이 오갔다.

하지만 연무흔은 더 이상 그들의 회의에 참여하지 않고 생각에 잠겼다.

그는 사신단이 왔을 때의 일을 회상하고 있었다.

'순간적으로 나한테 수작을 부렸던 그 여자.'

그녀가 쓴 것은 분명 사술이었다. 그것도 사람을 조종하는 쪽의 사술.

'상당한 실력이었어. 만약 내가 아니라 다른 사람이 목표였다면 당했겠지.'

연무흔은 패왕 시절 술법가들을 하도 많이 상대하다 보니 그들에 대한 대처법을 숙지하고 있었다.

하지만 이 시대는 패왕 시절보다 좌도방(左道房)의 영향력이 많이 약해진 시대다.

수라권종은 어디서 그런 술사들을 구했을까?

'게다가 그 느낌…… 왠지 모르게 익숙했어.'

어쩌면 예전에도 부딪친 적 있는 놈들과 관련이 있을지도 몰랐다.

'어쨌든 경고 정도는 해 둬야겠군.'

혹시 사술로 인해 예기치 못한 상황이 벌어질지도 모르니 말이다.

언제나 대비해 두는 건 나쁘지 않은 법.

"좋아. 그러면 그곳으로 하지."

연무흔이 그렇게 생각하던 사이, 십연전을 벌일 장소가 결정되었다.

수라권종은 무극검문의 제안을 받아들였고, 곧 약속 장소에 두 세력의 전력이 모여들었다.

십연전의 날이 밝았다.

하남성 천중산(天中山).

그곳에 있는 한 봉우리에 수백 명에 가까운 인원이 모였다.

각각 무극검문과 수라권종에서 뽑은 정예들이었다.

작은 바위를 사이에 둔 그들의 분위기는 당장이라도 칼부림을 낼 정도로 흉흉했다.

"용케 도망치지 않고 기어들어왔군."

독고령은 수라권종의 병력을 이끌고 온 하진성에게 코웃음을 치며 말했다.

하진성은 그런 독고령의 말을 듣고 인상을 찌푸렸다.

"누가 할 소리를. 이제 다 늙어서 골골거리는 주제에 뭘 그리 자신이 넘치시오?"

"흥. 그 늙은이의 검이 두려워서 지금껏 싸움에서 도망치던 놈이 말이 많구나."

"나는 싸움에서 도망친 게 아니오. 불필요한 피를 흘리지 않기 위해 노력한 거지."

"하하. 누구나 변명은 그렇게 하지. 하지만 네가 도망자라는 사실은 변하지 않는다."

"이 망할 노인네가……!"

두 사람이 일으키는 기세만으로 주변의 대기가 살벌하

게 떨렸다.

양측의 경지가 낮은 몇몇 무인들이 덜덜 몸을 떨었다.

반면 어느 정도 기세를 버틸 수 있는 무인들은 무기에 손을 가져다 댔다.

이 팽팽한 분위기는 당장이라도 폭발해도 이상하지 않을 것 같았으니까.

"되었소. 당신과 입 아프게 떠들어 봤자 시간만 낭비할 뿐이지. 십연전을 시작합시다."

"좋다."

하지만 금방이라도 터질 것 같던 분위기가 잠잠하게 가라앉았다.

독고령과 하진성은 각자 준비한 의자에 앉아 오만하게 다리를 꼬았다.

그때였다.

"잠시만 기다리시오."

첫 후보들이 올라오기도 전 제삼의 세력이 나타났다.

"무림맹?"

"저놈들이 왜?"

그들은 바로 무림맹주 조소학을 위시한 무림맹의 병력이었다.

그 숫자는 약 백오십 명.

이곳에 모인 세 세력 중에는 가장 적은 숫자였지만 그래도 결코 무시할 정도는 아니었다.

독고령이 인상을 찌푸리며 물었다.

"맹주. 당신은 또 왜 왔나?"

"왜 오긴. 한참 혼란스러운 시기에 사건이 터졌다길래 와 봤지."

조소학은 그렇게 말하고 인상을 찌푸렸다.

"도대체 왜들 이러는 것이오? 안 그래도 혈천교 잡것들이 난리를 피워서 세상이 혼란스러운데…… 꼭 이럴 때 싸워야겠소?"

"싸움을 말리려고 온 것이오?"

"그렇소. 여기서 누가 이기든 무림은 혼란기로 접어들 테니까. 나는 무림맹의 맹주로서 이를 좌시할 수 없었소."

"곧 쫓겨날지도 모르는 주제에 오지랖이 넓군. 쓸데없이 여기서 얼쩡거리지 말고 자기 앞마당이나 잘 챙기는 건 어떠시오?"

하진성은 어처구니가 없다는 표정으로 비꼬았다.

그에 조소학의 미간이 꿈틀거렸다. 그의 역린을 건드렸기 때문이다.

하지만 그것도 잠시.

"정말 둘이 결판을 내야 적성이 풀리겠소?"

"보면 모르겠나? 그럼 이렇게까지 모이고 그냥 가라고?"

독고령 또한 인상을 찌푸리며 말했다.

그에 조소학이 아주 깊은 한숨을 내쉬었다.

"말해도 들어먹지를 않는군. 알겠소. 그렇다면 우리는 그저 참관인으로 참여하지."

"참관인?"

"이미 십연전으로 승패를 낸다는 사실은 다 들었소. 그렇다면 응당 참관인이 필요하지 않겠소? 진 쪽이 억지를 부릴 수도 있으니까."

"흐음."

그 제안은 솔깃했는지 독고령이 고민에 빠졌다.

조소학은 이때가 기회라는 듯 얼른 말을 이었다.

"게다가 승리하는 쪽도 마찬가지요. 십연전으로만 끝내지 않고 상대를 몰살시키려고 할 수 있으니 우리는 무림맹의 이름으로 그것을 막을 것이오."

"흥. 그렇다면 알아서 해라."

독고령이 마지못한 표정으로 승낙했다.

하지만 하진성은 달랐다. 그의 표정은 더할 나위 없이 썩어 있었다.

"왜 무극검문과 수라권종 사이의 일에 무림맹이 참견한단 말이오? 이건 명백한 월권이오!"

"그렇게 말하는 걸 보면 뭔가 찔리는 거라도 있나 보지?"

독고령이 건수를 잡았다는 듯 히죽 웃으며 물었다.

이에 하진성의 얼굴이 붉어졌다.

당장이라도 폭발할 것 같은 표정.

하지만 그는 잠시 멈칫하더니 이내 한숨을 내쉬었다. 그는 짜증스러운 얼굴로 말했다.

"됐소. 마음대로 하시오."

"그럼 그렇게 하도록 하지."

조소학과 무림맹의 일원들은 그 어느 쪽에도 치우치지 않겠다는 듯 딱 중앙에 서서 균형을 맞추었다.

연무흔은 그런 조소학을 바라보았다.

마침 조소학도 그를 보고 있었는지 두 사람의 시선이 마주쳤다.

[투룡. 자네는 대체 왜 여기 있나? 신의를 놔두고 어딜 갔나 했더니…… 왜 이런 곳에서 위험한 짓을 하고 있어?]

[그러는 맹주께서야말로 무슨 일로 여기 온 것이오?]

[투서(投書)가 있었네. 수라권종이 사악한 사술을 쓰면서 혈사를 벌이려고 한다는 투서가. 아예 몰랐다면 모를까, 맹주가 되어서 이런 걸 알고 가만히 있을 수는 없지 않나. 적어도 확인은 해 봐야지.]

[그런 것쯤은 무시할 수도 있었을 텐데 대단하시군.]

연무흔은 순수하게 감탄했다.

'솔직히 이렇게 될 줄은 예상 못 했는데 말이지.'

사실 그 투서를 몰래 보낸 사람은 바로 연무흔이었다.

아무리 수라권종이라도, 무림맹에서 감시자를 보내면

뭔가 수작을 벌일 확률이 훨씬 줄어들었기 때문이다.

'설령 뭔가 수작을 부린다고 해도 대처할 수 있는 방법의 숫자가 늘어나기도 하고.'

평범한 무력대 하나만 와도 그럴 텐데, 아예 맹주가 직접 왔다.

이건 연무흔도 예상치 못한 사태였다.

하지만 좋은 방향의 오산이었다. 맹주와 백오십 명의 정예들은 분명 무슨 일이 일어나든 큰 도움이 되리라.

[그보다 말 돌리지 말고 이유나 말해 주게나. 왜 여기 있는 건가?]

[저기 계신 무극검제께선 내 조부 되는 분이시오. 그러니 나도 참여할 수밖에.]

[뭐라?]

조소학이 경악했다는 표정을 지었다. 아무래도 정말 깜짝 놀란 듯싶었다.

[그건…… 정말 처음 듣는 정보군. 무극검제가 자네를 챙겨 준다는 것은 이전부터 알고 있었지만 말이야. 그래서였나?]

[비슷하오.]

대답을 들은 조소학이 작게 한숨을 내쉬었다.

[어째서 자네가 무림맹으로 들어오려고 하지 않았는지 알겠군. 에잉, 애초부터 무극검문의 사람이었다니…….]

[꼭 그런 건 아니오.]

어쨌든 공식적으로 그들은 종속 관계가 아니라 대등한 동맹 관계였으니 말이다.

연무흔은 더 설명해 주는 대신 멀리서 인상을 찌푸리고 있는 하진성을 바라보았다.

'예상치 못한 상황에 당황했겠지.'

그가 준비했던 계략 중 상당수가 쓸 수 없게 되었을 것이다.

'자, 이제 어떻게 나올 것이냐.'

하지만 연무흔은 뭐가 나오든 상관없었다.

준비는 갖춰졌으니, 이제 정면에서 박살 내 버리면 그만이었으니까.

6장

"자, 의도치 않은 일로 시간이 지체되었는데 이제 정말로 십연전을 시작하겠다."

"와아아아아아아!"

독고령의 선언에 무극검문의 무인들이 함성을 내질렀다.

함성만으로 산봉우리가 쩌렁쩌렁 울리는 게 기선 제압을 하려는 것 같았다.

하지만 수라권종 측에선 짜증스럽게 이쪽을 볼 뿐 굳이 맞대응하려 들지 않았다.

그들은 그저 이어질 십연전의 준비를 할 뿐.

"규칙은 알고 있겠지? 대결은 생사결으로 하되, 패배를 인정하면 그 순간 멈추도록 한다. 또 승자는 다음 차례에 도전해 연전을 펼치거나 그냥 물러날 수도 있다."

"알고 있으니 굳이 알려 줄 필요 없소. 전황! 처음엔 네가 나서라."

"예. 종주님."

곰처럼 커다란 덩치를 가진 무인이 수라권종 측에서 나왔다. 반면에 무극검문 측에서 나온 건 우성이라는 이름의 호리호리한 체격의 검객이었다.

"그럼 준비가 되면 시작하도록."

"하아아아압!"

허락이 떨어지자마자 전황이라 불린 사내가 고함을 지르며 달려들었다.

우성 또한 검을 뽑으며 그에 대항했다.

"오오!"

감탄사가 나올 만큼 전황이라 불린 자의 주먹은 매서웠다.

쾅! 콰앙! 쾅!

곰처럼 커다란 체구와 그에 걸맞은 힘.

하나 그와 반대되는 거세지만 절제된 동작.

그 모든 게 어우러져 대단한 위력을 내었다. 한 번 공격을 막아 낼 때마다 우성의 검신이 사정없이 떨릴 정도였다.

"상당히 빠르군. 눈으로 좇기도 어려울 정도야."

"이게 첫 번째 참가자라고?"

"수라권종의 저력도 상당하군."

구경하던 무림맹도들이 수군거리는 소리가 들려왔다.

다들 감탄했다는 반응이지만 그와 반대로 하진성의 얼

굴에는 짜증이 서려 있었다.

뭔가 마음에 들지 않는다는 표정.

그때였다. 좀처럼 승기를 잡지 못하는 이 상황이 답답했는지 전황이 기합을 지르며 절초를 펼쳤다.

"흐아아아압!"

단단한 권갑 위로 선명한 권기가 맺혀 일렁였다.

겉으로 본다면 바위도 일격에 부술 수 있을 것 같은 공격이었다.

하나 그걸 보고도 우성은 전혀 떨지 않았다.

그저 자세를 잡을 뿐.

그 순간이었다.

"끝났군."

"쯧."

독고령의 말과 하진성의 혀를 차는 소리가 동시에 울려 퍼졌다.

카앙!

그것보다 조금 늦게 우성의 검이 전황의 권격을 흘려냈다.

전황의 눈이 커졌고, 다급히 태세를 정비하려고 했지만.

"흥."

우성의 검이 더 빨랐다.

촤학!

전황의 어깨부터 하복부까지 가로지르는 기다란 검상이

생겨났다.

딱 봐도 치명상인 걸 알 수 있을 만큼 심각한 부상.

쌔액!

하지만 우성의 검은 멈추지 않았다.

부상 때문에 움직임이 늦어진 전황이 피하지 못할 만큼.

눈을 질끈 감은 전황이 소리쳤다.

"졌소!"

탁!

그 순간 귀신같이 쏘아지던 칼날이 멈췄다.

"와아아아아아아아!"

뒤늦게 무극검문 측에서 커다란 함성이 터져 나왔다.

반면에 수라권종의 분위기는 초상집에 가까웠다. 그 모습을 본 독고령이 피식 웃었다.

"이로써 일 대 영이군. 우성, 더 하겠느냐?"

"예."

우성은 담담하게 고개를 끄덕였다.

실제로 그는 별로 지친 것 같지도 않았다.

이어서 두 번째 경기가 시작되었다. 이번에 수라권종에서 나선 이는 우성처럼 날렵한 체격의 권사였다.

'실력은 비슷한가.'

연무흔의 예상대로 비무는 비등비등하게 흘러갔다.

누가 이겨도 이상하지 않을 정도로.

실제로 결과도 무승부였다.

우성의 검이 상대의 옆구리를 갈랐지만, 그도 복부에 거센 일격을 받아 싸우지 못하는 상태가 되었기 때문이다.

이로써 승부는 이 대 일이 된 상황.

그 뒤로도 십연전의 양상은 팽팽하게 흘러갔다.

때로는 무극검문이 이기고, 반대로 수라권종이 이길 때도 있었다. 하지만 십연전의 결과는 점점 무극검문에게 유리하게 흘러 갔다.

어느덧 점수는 육 대 사가 된 상황.

'무슨 꿍꿍이지?'

연무흔은 상황을 관조하고 있는 하진성을 의아하다는 듯 바라보았다.

분명 수라권종이 지고 있는 상황임에도 그는 마음에 들지 않는다는 듯 혀를 찰 뿐 별다른 반응이 없어서였다.

이 정도 점수 차는 상관없다는 걸까?

아니면 뭔가 다른 꿍꿍이가 있는 걸까?

그때였다. 돌연 연무흔과 하진성의 시선이 마주친 것은.

"……."

둘은 마치 서로를 살피려는 듯 시선을 거두지 않았다.

하지만 그것도 잠시, 곧 고개를 돌린 하진성이 말했다.

"하석호. 네가 나서라."

"예! 종주님."

그렇게 나선 하석호라는 지금까지의 적들과는 달랐다.

"허어."

"저게 바로 그 파천수라기(破天修羅氣)인가?"

시작부터 수라권종의 비기인 파천수라기를 꺼내 들며 무극검문의 간부를 압박했기 때문이었다.

"큭!"

무극검문의 대표로 나선 이도 안간힘을 써가며 방어해 보았지만…….

"커헉!"

그는 얼마 못 가고 피를 토하며 뒤로 물러나고 말았다. 눈을 까뒤집은 것이 상당한 부상을 입은 듯했다.

하지만 상황이 정리되기도 전이었다.

"투신문주 연무흔! 네게 대결을 신청하겠다."

승리한 하석호가 연무흔을 지목했다.

순식간에 사방의 시선이 연무흔에게 쏠렸다.

연무흔은 그 시선들을 느끼며 흔쾌히 고개를 끄덕였다.

"좋다."

놀란 독고령이 물었다.

"무흔아. 정말 괜찮겠느냐?"

"어차피 슬슬 나갈 생각이었습니다."

여기서 구경만 하다 가면 도와주러 왔다는 의미가 퇴색되니까.

실제로 무극검문의 많은 문도들이 기대감 어린 눈빛으로 그를 바라보고 있었다.

그들이 원하는 건 압도적인 승리.

연무흔이 빙긋 웃었다.

"저를 믿어 주십시오. 조부님."

그렇다면 승리는 알아서 따라올 테니 말이다.

관중들과 조금 떨어진 거리에서 두 사람이 서로를 마주 보고 섰다.

바로 연무흔과 하석호였다.

"내 도전을 받아들이다니, 어린놈이 자신감 하나는 좋구나."

하석호는 그렇게 말하며 연무흔을 살폈다.

남들과 비교해서 머리 하나는 더 커다란 키에, 그에 걸맞은 덩치.

그리고 은연중에 느껴지는 어마어마한 위압감.

'보통 놈이 아니야.'

굳이 지금까지의 소문을 생각하지 않아도 알 수 있었다.

'녀석은 괴물이다.'

그것도 이미 성장을 반쯤 끝마친 진짜배기 괴물이었다.

수라권종에서 손꼽히는 간부인 그도 승리를 장담하지 못할 정도였다.

'예전이었다면 말이지.'

하지만 그는 최근 강해졌다.

곤륜에서 왔다는 이들이 알려 준 '진짜' 파천수라신공을 익히고 이전보다 훨씬 강한 힘을 얻었던 덕분이었다.

'종주님께서는 무슨 일이 있어도 이놈을 죽이라고 명하셨다.'

그렇다면 자신은 그 명에 따를 뿐.

하석호는 그렇게 생각하고 파천수라기를 끌어 올렸다.

그의 눈에 귀화(鬼火)가 피어오르며 검은 기운이 온몸을 감쌌다.

동시에 솟아오른 거력이 그의 힘에 깃들었다. 그 압도적인 힘에 일순 전능감까지 느껴질 정도였다.

그리고 바로 그 순간.

콰앙!

대지를 박찬 하석호의 신형이 연무흔을 향해 쇄도했다.

"호오."

연무흔은 순식간에 자신의 앞에 나타난 그를 보며 감탄을 표했다.

지금 하석호의 속도는 이전 싸움에서 보여 준 그 이상이었기 때문이다.

아까는 일부러 제대로 된 전력을 보여 주지 않은 것이겠지.

'나를 노리기 위해서인가?'

이유는 모르지만, 자신을 굳이 지목한 걸 보면 그럴 가능성이 높았다.

하지만…….

'그렇다고 당해 줄 생각은 없다.'

연무흔은 빠르게 온 몸의 투신기를 끌어 올렸다.

쿠구구구구궁!

"……!"

압도적인 기파가 터져 나가며 달려오던 하석호가 움찔했다.

연무흔은 그대로 투신갑을 형성해 수(水)와 토(土)의 기운을 끌어 올렸다.

철퍽!

"무슨!?"

그는 경악한 얼굴로 연무흔을 바라보았다.

분명 투신갑을 향해 주먹을 내질렀는데, 진흙에 빠진 것처럼 제대로 힘이 들어가지 않았던 탓이다.

하지만 당황도 잠시.

"하압!"

그는 다시 한번 태세를 정비하고 권을 내뻗었다.

파바바박!

아까 같은 힘이 담겨 있지는 않았지만 빠르기와 변화는 그 이상이다. 평범한 이들이라면 눈으로 좇기도 어려운 공격들.

하지만 연무흔은 차분히 그의 공격을 받아 내었다. 주먹과 주먹이 맞붙고, 팔과 어깨가 부딪친다.

"이게 무슨……."

"투룡은 도객(刀客)이 아니었던가?"

대결을 지켜보던 이들 사이에서 경악성이 터져 나왔다.

연무흔은 본디 거대한 언월도를 다루는 것으로 유명한 인물이었기 때문이었다.

하지만 그는 언월도는커녕 검 한 자루밖에 차고 있지 않았는데, 심지어 지금은 그 검조차 뽑지 않고 있었다.

평생 권법을 연마한 화경의 권사를 상대로 똑같이 주먹으로 맞서고 있는 것이었다.

"흐하하하! 역시 내 손주야. 대단하구나!"

그 모습을 본 독고령이 호탕하게 웃음을 터뜨렸다.

반면에 하진성의 표정은 점점 더 썩어 들어갔다.

하석호 정도면 충분히 연무흔을 죽일 줄 알았는데 정작 실제로 싸워 보니 어림도 없다는 게 여실히 느껴졌기 때문이다.

'내가 전력을 제대로 파악하지 못했다고?'

그 말은 즉, 연무흔의 실력을 숨기는 솜씨가 자신의 안목을 뛰어넘었다는 소리다.

그렇다면…….

'대체 녀석의 본 실력은 어느 정도란 말인가.'

지금의 싸움으로도 가늠이 되지 않았다.

언뜻 보면 연무흔이 밀리는 것 같았다.

시종일관 하석호가 공세를 펼치고 있었고, 연무흔은 이를 막아 내기 바빴으니까.

하나 어느 정도 실력이 있는 자들은 모두 느끼고 있었다.

연무흔은 공격을 하지 못하는 게 아니라, 하지 않고 있다는 사실을 말이다.

"이……!"

그리고 그것을 가장 잘 느끼고 있는 건 바로 하석호였다.

그는 연무흔의 태도에 분노를 느낀 듯 얼굴을 붉히며 소리쳤다.

"나를 무시하지 마라!"

콰!

하석호가 진각을 밟으며 거센 일권을 내질렀다.

닿기만 한다면 단단한 강철도 으스러뜨릴 만한 무시무시한 공격.

하지만 연무흔은 가볍게 몸을 비틀어 공격을 피할 뿐이었다.

그와 하석호의 시선이 마주쳤고, 연무흔이 담담한 표정으로 물었다.

"무시해? 내가 너를?"

"그래! 네놈은 지금 제대로 하고 있지 않잖느냐! 검을 뽑아라! 나를 무시하지 말고 네 전력을 보이란 말이다!"

하석호가 악을 쓰며 소리쳤다.

분명 그는 하진성에게 연무흔을 죽이라는 명령을 받은 상황이었다.

하지만 지금의 자신으로는 그게 불가능하다는 걸 깨달았다. 그래서 그는 화를 내는 척하면서 놈의 전력이라도 분석할 수 있도록 한 것이다.

'녀석을 죽이지 못하더라도 적당히 합을 나누면서 체력을 빼는 건 가능하다!'

그리고 한계까지 버티다 다음 사람에게 차례를 넘기면 연무흔을 죽일 수 있으리라.

그렇다면 종주의 명령을 완수한 것이나 다름없을 터.

하석호는 그런 생각을 하며 다시 파천수라기를 끌어 올렸다.

어떻게든 연무흔에게 달라붙어 체력을 빼놓기 위해서였다.

하지만 그 순간이었다.

"네가 그렇게 원한다면 해 주지."

번쩍!

연무흔의 허리춤에서 빛이 번쩍였다.

그의 손에는 어느새 투신기로 둘러싸인 척마검이 들려 있었다.

하석호는 순간 멍한 표정을 지었다.

분명 자신은 주먹을 내질렀는데, 그 주먹은 어디 갔는가?

푸쉬익!

답은 곧 알 수 있었다.

하석호가 내지른 팔이 허공을 날고, 단면적에서부터 피가 터져 나왔기 때문이다.

"끄아아아아악!"

뒤늦게 고통을 느낀 하석호가 비명을 내질렀다. 하지만 그가 항복이라는 말을 입에 담기도 전.

서걱!

척마검의 칼날이 하석호의 목을 베었다.

쿵.

목을 잃은 그의 신체가 앞으로 고꾸라지며 작은 진동을 일으켰다.

"……."

모두가 입을 쩌억 벌리고 그 광경을 지켜보았다.

마치 잠시 주변이 얼어붙은 것 같았다.

그런 반응이 나올 만큼 방금 있었던 공방은 충격적이었

기 때문이다.

그렇게 생겨난 잠시 동안의 적막 속에서.

"다음."

연무흔이 수라권종 쪽을 바라보며 말했다.

아직 칼에 묻은 피가 다 떨어지기도 전이었다.

이내.

"와아아아아아아!"

커다란 함성이 터져 나왔다.

그들이 있는 산봉우리를 통째로 뒤흔들 만한 그런 함성이었다.

무극검문의 문도들은 흥분에 가득 찬 얼굴로 연무흔을 바라보았다. 부담이 될 법한데도 연무흔의 표정에는 흔들림이 없었다.

"……."

무극검문 측과는 반대로 수라권종 측은 쥐 죽은 듯이 고요했다.

그들은 어쩔 줄 몰라하는 얼굴로 종주를 쳐다보았다.

이제 어지간한 인물이 나서 봤자 상대가 안 된다는 걸 깨달았기 때문이다. 그리고 십연전은 아직 최소 세 번의 경기가 남은 상황.

"다음이라는 말을 듣지 못했나?"

그런 상황 속에서 연무흔이 입꼬리를 올리며 말했다.

"아니면 겁을 먹은 것인가?"

"……!"

명백한 도발에 수라권종 간부들의 반응이 사나워졌다.

그때였다.

"어린놈의 건방이 하늘을 찌르는구나."

수라권종 측에서 새로운 인물이 나섰다.

흰머리가 성성한 노인이었다.

하지만 그에게서 풍겨져 나오는 범상치 않은 기세는 그가 뛰어난 무인이라는 걸 알고 있었다.

"내 이름은 하도휘다. 네놈을 저승으로 보낼 사람이지."

"태산일권(泰山一拳)!"

하도휘라는 인물의 등장에 양측에서 난리가 났다.

연무흔이 입가를 비틀었다.

"유명한 사람인가 보군."

"흥. 나는 네 조부가 어렸을 시절부터 강호를 주유하던 몸이다."

전대의 고수라는 말이다.

그만큼 실력은 보장되었다는 소리.

"어디 그 알량한 검으로 내 목을 벨 수 있나 보자!"

하도휘는 그렇게 말하고 기습적으로 주먹을 내뻗어 왔다.

쿵!

주먹이 만들어 내는 충격파만으로 대기가 떨렸다.

연무흔은 막지 않고 그대로 피했다.

'과연, 이래서 태산인가.'

마치 거대한 산을 눈앞에 둔 것 같은 압박감이 들었다.

그 이후에도 여러 번 공격이 이어졌다. 연무흔은 그때마다 적당히 공격을 흘리거나 피해 냈다.

"흥. 언제까지 피할 수 있을 것 같으냐?"

하도휘의 눈에 불이 붙었다.

사아아악!

동시에 그의 몸체를 검은 기운이 휘감았다. 하도휘 또한 파천수라신공을 꺼내든 것이었다.

그가 파천수라권(破天修羅拳)을 펼쳤다.

콰앙!

이것은 피할 수 없었는지 연무흔이 급히 척마검을 들어 막아 냈다.

투신기로 방어해도 몇 걸음이나 물러났을 만큼 강한 위력이었다.

"천하의 투룡이 저렇게 밀려나다니……."

"역시 전대의 고수까지는 어찌할 수 없는 건가?"

"무엇보다 상대가 태산일권이잖나. 수라권종 내에서도 세 손가락 안에 드는 고수인데 당연하지."

연신 밀리는 모습에 무림맹 측에서 수군거림이 터져 나왔다.

“장로님!”

“그놈의 대가리를 부숴주십시오!”

“와아아아아아!”

반면 침울해 있던 수라권종은 이게 마지막 희망이라도 되는 양 응원을 하고 있었다.

그리고 그건 무극검문도 마찬가지였다.

“그딴 늙은이에게 지지 마십시오!”

“연 공자! 믿고 있습니다!”

각자의 대표를 응원하는 목소리가 양쪽에서 울려 퍼졌다.

“…….”

하지만 정작 비무를 펼치고 있는 두 사람은 그런 건 신경 쓰이지도 않는다는 듯 서로에게만 집중했다.

파앙!

다시 한번 하도휘의 주먹이 연무흔의 뺨을 스치고 지나갔다.

아슬아슬하게 피했지만 날카로운 예기가 담겨 있었는지 한 줄기 피가 흘러내렸다.

연무흔은 그 순간 눈을 크게 떴다.

‘독?’

아니, 저 파천수라기 자체의 기운이다.

그것이 침투하여 연무흔의 체내를 파괴하려고 하고 있었다.

그는 즉시 오행변화결 중 목의 기운을 끌어 올려 그것을 몰아냈다.

겨우 침투한 기운이 빠져나간 걸 본 하도휘가 인상을 찌푸렸다.

'괴물 같은 놈.'

이렇게 짧은 시간 만에 파천수라기의 성질을 알아차리고 대항할 줄이야?

고작 이립도 안 된 놈이 저러는 것을 보니 소름이 돋았다.

하지만…….

'아직은 내가 우위다.'

진정한 파천수라신공의 힘을 끌어쓸 필요도 없었다.

내력도, 기술도, 경험도, 아직은 그가 모두 우위에 있었으니까.

'어떻게든 이 자리에서 저놈을 죽인다.'

항복을 하게 놔둘 생각은 없었다.

저놈의 성장세를 보아하니 계속 살려놨다간 천하제일인이라도 될 기세였으니까.

그렇다면 수라권종의 크나큰 적이 될 게 분명했다. 그 전에 어떻게든 꺾어 놔야 했다.

사아악.

다시 한번 검은빛 기운이 그의 주먹을 휘감았다.

타닷!

그는 지면을 박차고 순식간에 연무흔의 앞에 다가왔다. 하도휘가 연신연격을 펼쳤다.

연무흔이 다시 한번 검을 휘둘렀다.

순식간에 수십 번의 공방이 오갔는데, 그것이 어찌나 살벌했는지 그 충격파로 지면이 박살 날 정도였다.

언뜻 보면 위기에 처한 것처럼 보이는 순간.

씨익.

'웃어?'

돌연 연무흔이 입꼬리를 올렸다.

지금 이 상황이 무척이나 즐겁다는 듯한 반응이었다. 실제로 그는 이 생사결이 매우 즐거웠다.

'역시 여기 오길 잘했어.'

강자와 벌이는 싸움은 지금도 투신지로를 계속해서 성장시키고 있었다.

현재 그는 그 길을 따라 쭉쭉 나아가고 있는 상태.

하도휘와의 싸움은 그에게도 정말 큰 양분이 되어 주고 있었다. 더 큰 성장, 더 큰 도약을 위한 양분 말이다.

"놈……!"

하지만 그것도 끝이 있는 법.

하도휘가 기운을 끌어 올리자 분위기가 일변했다.

그의 눈에는 짙은 살의가 엿보였다. 아무리 봐도 이제 마무리를 하겠다는 기세였다.

"이것도 받을 수 있을지 보자꾸나!"

쾅!

그는 거세게 진각을 밟으며 폭발적으로 주먹을 내질렀다.

마치 태산이 무너져 내리며 그대로 쏟아져 내리는 것 같았다. 연무흔은 그것을 피하지 않았다.

쾅!

그저 똑같이 진각을 밟으며 대항할 뿐.

쿠구구구구구궁!

투신기를 한계까지 끌어 올린 연무흔이 있는 힘껏 검을 휘둘렀다.

무극단천.

앞을 가로막는 모든 걸 베어 버리는 검격이 쇄도했다.

이내.

콰아아아아아앙!

거센 폭발음과 함께 충격파가 비산했다.

"모두 물러나라!"

"막아!"

세 진영의 고수들이 즉각 대응해 자신들에게 향하는 충격파를 상쇄해 냈다.

하나 그들의 얼굴은 창백해질 수밖에 없었다.

고작 충돌의 결과로 생겨난 충격파였지만 그것만으로도 만만치 않았기 때문이다. 그들은 굳은 눈으로 비무가 펼쳐지는 곳을 바라보았다.

그리고 경악했다.

"크헉……."

주르륵!

그곳에는 가슴팍에 깊은 검상이 새겨진 하도휘가 피를 흘리고 있었다.

반면 연무흔의 안면은 조금 창백해졌을 뿐 멀쩡했다.

누가 봐도 승패는 명확해 보이는 상황.

"와아아아아아아!"

그 모습을 보고 무극검문 측에서 다시 한번 함성이 터져 나왔다.

하지만 그때였다.

"아직 끝나지 않았다!"

짐승의 울부짖음과 같은 외침이 들려왔다.

동시에 그를 휘감던 검은 파천수라기에 핏빛의 기운이 뒤섞였다.

하도휘의 눈빛에 지독한 살의가 어렸고, 그를 감지한 척마검의 검신이 지잉하고 울었다.

연무흔의 눈이 날카롭게 변했다.

이건 마치…….

"그만."

그 순간이었다.

타닥!

비무가 벌어지는 곳으로 난입한 세 사람이 있었다.

바로 독고령과 조소학, 그리고 하진성이었다.

그중 하진성은 도착하자마자 하도휘의 혈을 짚어 그를 강제로 기절시켰다.

아주 잠깐 느껴졌던 마기(魔氣)는 어느새 사라진 상황.

하지만 여기 서 있는 사람 중에 그걸 느끼지 못한 사람은 없었다.

무림맹주 조소학이 으르렁거리며 물었다.

"하 종주. 이게 무슨 일이오? 어째서 수라권종의 무인에게 마기가 느껴진 것이지?"

"아무래도 숙부께서 졌다는 충격으로 심마에 드신 것 같소. 그 기운이 바깥으로 빠져나온 것이겠지."

"무슨 말도 안 되는 변명을……."

조소학이 어처구니가 없다는 표정을 지었다. 하지만 그가 뭐라고 하기 전, 독고령이 날카로운 눈빛으로 말했다.

"하진성. 네놈은 누구 멋대로 십연전 중에 끼어드는 거냐. 분명 규칙은 항복하기 전까지 생사결이라고 했을 텐데?"

"여기 올라온 건 그쪽도 마찬가지이지 않소."

"나는 네놈이 움직인 걸 보고 손주를 보호하려고 온 것뿐이다."

"그건……."

하진성은 할 말이 없다는 듯 잠시 입을 다물었다.
독고령이 자신보다 조금 늦게 움직인 것은 맞으니까.
이내.
"하아. 알겠소. 이번 십연전은 우리의 패배요. 인정하도록 하지."
갑작스러운 선언이 이어졌다.
그에 독고령을 비롯한 수많은 이들이 놀랐다는 표정을 지었다. 설마 이렇게 순순히 항복을 선언할 줄 몰랐으니까.
하지만 하진성 입장에서는 어쩔 수 없는 결정이었다.
'이 이상 전력을 소모할 수는 없다.'
이미 십연전의 결과로 많은 간부들이 다치거나 죽은 상황이었다.
문파의 힘은 바로 고수에서 나오는 것.
그리고 지금 수라권종의 멀쩡한 고수는 하진성 자신을 포함해서 몇 남지 않았다.
한편 저쪽은?
'무극검문만 생각해 봐도 이쪽보다 우위고, 연무흔이나 무림맹의 가세를 생각해 보면 상대가 되지 않는다.'
특히 연무흔은 조금 지치긴 했지만 부상 없이 한 차례 더 싸울 수 있을 만큼 멀쩡해 보였다.
만약 다음 차례로 보낸 고수도 하도휘와 똑같은 꼴이 되어 버린다면?

그다음에 나서야 하는 건 자신이다. 물론 그가 나서면 연무흔은 죽일 수 있겠지만…….

'무극검제는 자기 손자가 죽는 모습을 보려 하지 않겠지.'

당연히 무극검제가 난입할 것이고, 그때 가선 진짜 여기 있는 인원들로 전쟁을 펼쳐야 했다.

그 말은 즉, 그 혼자서 무극검제를 비롯한 무극검문의 여러 고수와 싸워야 한다는 소리였다.

아니, 그들뿐만인가?

'자칫하면 무림맹과도 싸워야 하겠지.'

곤륜을 통해 새로이 익힌 파천수라신공은 위력이 강해진 대신 마기를 내포하고 있었다.

지금은 억지를 부려 그것이 세상에 드러나는 것을 겨우 막았으나…….

만약 이것이 공론화된다면 수라권종은 정파 무림의 공적이 될 것이다.

'그랬다간 수라권종은 끝이다.'

아무리 이번 십연전에서 연무흔을 죽이라는 곤륜 측의 명령이 있었다고 해도, 하진성은 수라권종의 종주로서 자신의 문파를 파멸로 몰아갈 수는 없었다.

여기서는 자존심이 구겨지더라도 일단 무릎을 꿇어야 했다.

"패배를 인정하고 그대들에게 사죄의 의미로 마땅한 배

상을 하겠소."

"배상이라?"

"지금부터 수라권종은 빗장을 걸어 잠그고 십 년 동안 봉문을 하도록 하겠소. 오늘부로 향후 십 년간 수라권종의 무인들은 무림에서 활동하지 않을 것이오."

"……!"

듣고 있던 수라권종 무인들의 얼굴에 경악이 서렸다.

이것은 문도들에게 알려 주지 않은, 종주 혼자만의 독단이었으니까.

하지만 그들이 무어라 하기도 전이었다.

"웃기는군."

연무흔이 피식 웃으며 끼어들었다.

"……!"

"그쪽에서 먼저 시비를 걸어서 싸움을 시작해 놓고, 이제 질 것 같으니까 그만하자고 하면 그만해 줄 것 같소?"

연무흔은 그렇게 말하며 하진성을 바라보았다.

하진성이 사나운 눈으로 그를 노려보았지만 연무흔은 전혀 굴하지 않았다.

겨우 화를 참아 낸 하진성이 물었다.

"그렇다면 네놈이 원하는 건 뭐지?"

"그쪽이 배상이라 말했으니, 제대로 된 배상을 요구하는 거요. 돈, 영약, 사업체, 그리고……."

연무흔은 하진성을 훑어보더니 그의 손에 씌워져 있던 걸 바라보며 말했다.

"그 권갑 정도면 괜찮겠군."

"……!"

하진성의 얼굴에 경악이 서렸다.

그도 그럴 게 연무흔이 말한 그것은…….

문주만이 사용할 수 있는 수라권종의 신물(神物)이었기 때문이다.

"놈……."

하진성은 이를 갈며 연무흔을 노려보았다.

지금 창룡권갑(蒼龍拳鉀)을 내놓으라는 건 전쟁을 하잔 것과 마찬가지였으므로.

창룡권갑은 몇 대 전부터 내려오던 종주의 증표였다.

그 귀한 운철(隕鐵)을 기반으로 당대 최고의 장인이 심혈을 기울여 만든 보물.

그게 바로 창룡권갑이었다. 한데 연무흔은 당당히 그걸 요구하고 있는 것이다.

"감히 그만 요구를 하다니, 애송아. 정말 죽고 싶은 거냐?"

"죽일 수는 있고?"

연무흔이 희미하게 웃으며 대답했다.

하지만 발끈한 하진성이 무어라 하기도 전이었다. 옆에서 어마어마한 기운이 솟구치며 하진성을 옥죄었다.

"감히 내 손주에게 손끝 하나 댔다가는 네 목을 쳐서 수라권종의 입구에 걸어 놓을 것이다."

"이 늙은이가 정말……!"

"정당한 요구를 하는 투룡을 핍박하는 건 우리 측에서도 용납하지 않겠소."

기운을 일으키지는 않았지만 조소학 또한 독고령에 가담했다.

하진성은 눈을 질끈 감고 이를 악물었다.

마음만 같아서는 당장이라도 일을 벌이고 싶었지만…….

'정말 그랬다간 돌이킬 수 없다.'

한 집단을 책임지는 우두머리로서의 본능이 화를 억지로 가라앉혔다.

그는 떨리는 목소리로 겨우 말했다.

"창룡권갑은…… 주지 못한다. 다른 걸 말해라."

"이미 요구사항을 말한 상황에서 다른 건 필요 없소. 아니면 십연전을 계속 하는 것도 좋겠지."

"우리 무극검문은 투신문주의 의견에 동의하겠다."

독고령이 얼른 연무흔의 말을 받았다.

정말 전쟁을 일으켜도 상관없다는 반응이었다. 하진성은 핏발 선 눈으로 두 사람을 노려보았다.

하지만 이내.

"흥. 좋아, 받아라."

대체 무슨 생각인지, 하진성은 양손에 끼고 있던 창룡권갑을 연무흔에게 집어던졌다.

잘못 받으면 큰 내상을 입을 수 있을 정도로 강하게 던졌음에도 연무흔은 가볍게 권갑을 낚아챘다.

하진성이 인상을 쓰며 물었다.

"이제 된 거겠지?"

"설마 이걸로 끝났다고 생각한 거요?"

"뭐?"

"자기 입으로 내뱉은 약속은 지키라는 것이오. 이제부터 수라권종은 십 년 동안 봉문하고 무극검문에 입힌 피해에 대한 보상을 갚아야 하오."

"이……!"

하진성의 표정이 다시 한번 일그러졌지만 연무흔은 전혀 개의치 않았다.

"싫다면 계속 싸워 보고."

마치 그걸 원한다는 말투였다.

하진성은 마치 당장이라도 손을 쓸 것 같은 얼굴로 연무흔을 노려보았다.

두 사람 사이에 팽팽한 긴장감이 감돌았다.

당장이라도 툭, 끊어질 것 같은 긴장감이.

이곳에 모인 무인들은 각자의 무기에 손을 가져다 대며 마른침을 삼켰다. 자칫하면 여기서 큰 혈사가 일어날 수 있음을 직감했기 때문이다.

하지만 그것도 잠시.

"운 좋은 줄 알아라. 건방진 놈."

하진성의 기세가 누그러지며 팽팽했던 긴장감이 풀어졌다.

그는 더 이상 말도 섞기 싫다는 듯 휙 고개를 돌렸다.

"돌아간다."

"하, 하지만 종주님……."

"돌아간다고 말했다."

하진성은 사나운 목소리로 다시 말했다. 그에 무어라 말하려던 수하의 얼굴이 새하얗게 질렸다.

"아, 알겠습니다."

그는 결국 종주의 명에 따라 철군 준비를 할 수밖에 없었다.

곧 수라권종의 무인들은 터덜터덜 천중산에서 내려가고 말았다.

그들의 뒷모습을 확인한 독고령이 무극검문의 문도들을 향해 소리쳤다.

"우리가 이겼다!"

"와아아아아아아아!"

찢어질 듯한 함성이 산봉우리에 가득 찼다.

오랜 시간 이어진 악연과 결판이 난 것이니 더욱 신이

난 것이다.

하지만 몇몇 사람들은 마냥 웃지 못하고 심각한 표정을 짓고 있었다.

그들은 연무흔의 곁으로 모여들었다.

"투룡, 파천권황을 상대로 그런 도발을 한 건 너무 무모한 짓이었네."

조소학이 연무흔을 보고 타박하듯 말했다.

평소라면 무슨 소리를 하냐고 했을 테지만, 독고령도 그의 말에 동감한다는 듯 고개를 끄덕였다.

"그래. 맹주의 말이 맞다. 무흔아. 대체 왜 거기서 놈을 도발했던 것이냐?"

"놈이 숨겨 둔 패가 뭔지 확인해 보고 싶었습니다."

연무흔은 솔직하게 자신의 생각을 밝혔다.

"숨겨 둔 패?"

"다들 느끼지 않으셨습니까. 놈…… 아니 수라권종에는 아직 제대로 드러내지 않은 비밀이 있다는 걸요. 아까 그 편린을 느끼기도 했고요."

"마기를 말하는 것이군."

연무흔은 고개를 끄덕였다.

"예. 마기와 그걸 감추려는 수라권종주의 행태는 명백히 봐도 수상했습니다. 그러니 도발을 해서 진심을 끌어내고 싶었지요. 생각보다 놈의 인내심이 강해서 실패했지만요."

"흐음, 그럼 아까 차라리 보내지 말고 붙잡았어야 하는 것 아니었느냐?"

"그것도 방법이었겠지만 그렇게까지 할 명분이 없었습니다. 게다가……."

연무흔은 빙긋 웃으며 손에 든 권갑을 들어 올렸다.

"덕분에 귀한 물건을 하나 얻지 않았습니까?"

독고령이 어이없다는 표정으로 말했다.

"무흔아. 그게 뭔지는 알고 요구한 것이냐?"

"그렇진 않습니다. 다만 딱 봐도 보통 물건은 아닌 것 같아서요."

"그건 창룡권갑이라고 불리는 수라권종의 신물이다. 본래 절대 외인에게 주어져서는 안 될 물건이지."

진지한 눈빛의 독고령이 말을 이었다.

"하지만 그것을 너에게 순순히 넘겼다. 이게 무슨 소리 같더냐?"

당연하게도 하진성이 마음이 넓어서 쉽게 선물을 준 건 아닐 것이다.

연무흔은 다 안다는 듯 피식 웃으며 말했다.

"다시 되찾을 자신이 있다는 뜻이겠지요."

"그래. 놈은 어떻게든 그걸 되찾을 생각일 거다. 필요하다면 너를 죽여서라도."

"확실히……."

이야기를 듣던 조소학 또한 고개를 끄덕이며 동의했다.

보통 물건이면 몰라도 창룡권갑이면 그만한 가치가 있었다.

만약 그가 수라권종주라고 해도 뭔가 수를 쓰지 않을까?

문파의 신물이라는 건 그런 의미였으니 말이다.

연무흔도 같은 생각이었다.

'아마 이걸 내게 준 건 일종의 경고겠지.'

창룡권갑을 준 이상, 그를 반드시 죽여 버리고 권갑을 회수할 거라는 경고 말이다.

"하지만 그걸 감안해도 너무 쉽게 넘겨준 감이 있긴 합니다."

"그건 아마 다른 이유 때문일 거다."

"다른 이유 말씀이십니까?"

독고령이 고개를 끄덕이며 말을 이었다.

"그래. 어차피 너는 창룡권갑을 낀다고 해도 그 힘을 제대로 다루지 못할 가능성이 높다. 아니, 오히려 위험해질 수도 있겠지."

"어째서입니까?"

"그건 수라권종주만이 낄 수 있는 귀물이기 때문이란다. 듣기로는 그걸 사용하기 위해선 정식으로 수라권종주가 된 녀석이 시험에 통과해야만…… 무흔아!"

독고령이 기겁하여 연무흔의 이름을 불렀다.

연무흔이 한 치의 망설임도 없이 창룡권갑을 자신에 손에 끼웠기 때문이었다.

가장 먼저 느껴지는 건 권갑 특유의 차가운 감촉.

그리고…….

'호오.'

손에서부터 느껴지는 거대한 기운이다.

그것은 마치 자신의 몸을 장악하기라도 하려는 듯 혈도를 타고 올라와 전신으로 퍼졌다.

그 때문인지 팔을 비롯에 온몸의 핏줄이 불끈불끈 솟아오르고, 눈이 붉게 물들었다.

보고 있던 독고령과 조소학의 입이 쩌억 벌어졌다.

"다, 당장 벗거라! 어서!"

"이게 무슨……."

두 사람은 놀라서 호들갑을 떨었다.

연무흔의 상태가 마치 마검에 장악당한 사람처럼 보였기 때문이다.

'이 경우에는 마검이 아니라 마갑(魔鉀)이겠지만.'

하지만 정작 당사자인 연무흔은 담담하게 자신의 상황을 관조했다.

아마 이대로 아무것도 안 하고 가만히 있는다면 온몸의 혈도가 부풀어 올라 죽거나, 혹은 폐인이 될 것이다.

'어째서 수라권종주가 이렇게 쉽게 창룡권갑을 넘겨줬

는지 알겠군.'

아마 욕심 부리다가 한 번 죽어 보라는 심보가 아니었을까?

연무흔이 이번 십연전에서 큰 활약을 한 만큼, 창룡권갑의 소유권은 그에게 돌아갔을 테니 말이다.

하지만.

'이 정도로는 어림도 없지.'

연무흔은 침착하게 투신기를 일으켰다.

단전에서 뻗어 나온 기운이 온몸을 장악하려던 창룡권갑의 기운과 부딪혀 힘겨루기를 했다.

연무흔은 서두르지 않고 정신을 집중했다.

이내.

우우우우우웅.

힘차게 내뻗어진 기운이 창룡기를 밀어냈다.

조금씩, 하지만 확실하게, 투신기는 창룡기를 압도하고 있었다.

그렇게 얼마나 지났을까?

날뛰던 창룡권갑이 얌전해졌다.

연무흔은 그 순간 마치 거대한 창룡이 자신에게 고개를 숙이는 것 같은 환영을 보았다. 투신의 기운이 창룡의 기운을 찍어 눌러 복종하게 만든 것이다.

"나쁘지 않군요."

연무흔은 창룡권갑에서 흘러나오는 힘을 느끼며 말했다.

창룡권갑에서 흘러나오는 푸른 기운은 투신기와 어우러져 서로의 힘을 증폭시키고 있었다.

그는 시험 삼아 주먹을 한 번 휘둘러 보았다.

파앙!

공기를 가르며 막강한 기파가 터져 나왔다.

연무흔의 눈이 빛났다. 대충 휘둘렀는데도 이 정도인 걸 보면 제대로 사용한다면 강력한 무기이자 방어구가 되어 줄 것이다.

"이럴 수가……."

독고령이 놀란 표정을 지었다.

그는 오랜 시간 수라권종과 싸워 온 무극검문의 수장답게 창룡권갑에 대해 잘 알고 있었다.

'설령 나라고 해도 창룡권갑의 인정을 받지는 못할 텐데?'

물론 독고령쯤 되는 인물이 창룡권갑 따위에 당하지는 않을 것이다.

하지만 그것에 인정받고 복종시키는 건 별개의 문제였다.

아무리 강한 인물이라고 하더라도 창룡권갑은 파천수라신공을 익힌 사람이 아니라면 복종하지 않는다고 알려져 있었다.

'내가 잘못 알고 있었던 것일까? 그게 아니라면…….'

저 아이가 무언가 특별함을 지닌 것일까.

그 답은 쉽게 나왔다.

'아마 후자겠지.'

그렇지 않으면 아무리 이유가 있다고 해도 하진성이 창룡권갑을 넘겨주었을 리가 없을 테니 말이다.

독고령은 기쁨과 놀람이 섞인 얼굴로 연무흔을 바라보았다.

자신의 사랑스러운 손자는 아무래도 생각보다 더 대단한 인물인 것 같았으니 말이다.

"믿기지가 않는군."

놀란 것은 독고령뿐만이 아니었다.

조소학 또한 상상 이상의 모습에 혀를 내둘렀다.

하지만 순수히 감탄한 독고령과는 다르게 조소학은 현실적인 문제를 지적했다.

"창룡권갑의 인정을 받게 된 이상 파천권황은 더 격렬하게 자네를 죽이려고 들 거야. 아마 온갖 방법을 다 동원하겠지. 정말 괜찮겠나?"

"상관없소."

연무흔은 단호하게 말했다.

"사실 시간을 끄는 방법은 있겠지, 내가 여기서 피를 토하며 주화입마에 걸린 척을 하고, 창룡권갑에 당했다는 소문을 퍼뜨리는 것이오. 그렇게 한다면 파천권황도 경계를 낮추거나 혹은 나를 죽이는 일을 후순위에 두겠지."

"하면 왜 그렇게 하지 않는 건가?"

조소학이 이해하지 못하겠다는 듯 물었다. 사실 그게 훨씬 더 합리적이고 안전한 방법이었기 때문이다.

질문을 들은 연무흔이 빙그레 웃었다.

"그러고 싶지 않기 때문이오."

"……뭐?"

조소학이 놀란 표정을 지었다.

"고작 그러고 싶지 않기 때문에 그 위험을 감수한다고? 자네, 제정신인가?"

"나는 언제나 제정신이었소. 앞으로도 그럴 것이고."

거짓으로 당한 척을 하는 것?

확실히 나쁘지 않은 계책이었다. 이렇게 한다면 우선 하진성의 눈은 확실히 속일 수 있을 테니 말이다.

'하지만 그러기에는 자존심이 상하지.'

한때 패왕으로 군림했던 자신이 고작 권갑 하나에 굴복했다는 건 스스로가 용납할 수 없었기 때문이다.

적이 부려오는 개수작을 정면으로 박살 내 버리는 것.

그것이 바로 패왕의 방식이었다. 연무흔은 그것을 충실히 지켰을 뿐이었다.

성큼성큼 앞으로 나간 연무흔이 창룡권갑을 낀 주먹을 들어 올렸다.

"와아아아아아아아!"

그 모습을 본 무극검문의 문도들이 열렬히 환호성을 내질렀다.

창룡권갑에 대한 정보를 아는 몇몇 이들은 입을 쩌억 벌리기도 했다.

연무흔은 빙그레 웃었다.

이제 그가 수라권종을 무찌르고 창룡권갑을 굴복시켰다는 소문은 중원 전역에 퍼지게 될 것이었다.

7장

연무흔의 예상대로, 그에 대한 소문은 아주 빠른 속도로 퍼져 나가기 시작했다.

당연했다. 지금까지 그가 해낸 일들은 어지간한 것들이 아니었기 때문이다.

혈천교의 최고 간부인 혈성을 쓰러뜨리고, 혈교에 붙잡혀 있던 포로들을 구출해 냈다.

거기에 무극검문과 수라권종 사이의 분쟁에 참여하여 무극검문의 승리에 결정적인 역할을 하기까지.

그뿐인가?

하남 지역에는 이제 막 도착한 소식이었지만, 연무흔이 운남 최대의 사파 세력인 뇌천궁을 복속시켰다는 소식까지 흘러들어왔다.

한 사람이 짧은 시간 만에 해냈다고 하기엔 믿을 수 없을 만큼 굵직한 일들.

“믿기지 않는군. 이게 후기지수가 세운 업적이라고?”

“후기지수뿐만이 아니라 이런 건 어지간한 무림인들은 엄두도 못내는 일이지 않나? 그런데 그런 일을 하나도 아니고 셋이나 해내다니…….”

“허, 귀주에서 정말 용이 났군그래.”

많은 사람들이 그의 이야기를 듣고 혀를 내둘렀다.

솔직히 말해서 그의 활약은 영웅담에서나 나올 법할 정도로 비현실적이었기 때문이다.

“솔직히 진짜인지 좀 의심되는데…….”

“누군가 의도적으로 영웅을 만들려는 것 같지 않나?”

그래서 그 진위를 의심하는 사람들도 종종 나왔다.

하지만 그들의 주장은 곧 힘을 잃고 말았다.

“무슨 소리. 무극검문이라면 몰라도, 무림맹에서 왜 투룡을 띄워 주겠나?”

“그가 무림맹에 소속된 것도 아닌데 말이야. 게다가 그 자리에 있던 사람들이 한둘이 아니라네. 자네는 수백 명의 입을 다물게 할 수 있다고 생각하나?”

연무흔의 활약을 목격한 인물이 한둘이 아니었기 때문이다. 너무 많은 사람들이 그가 해낸 것을 지켜보았다.

결국 사람들은 그 소문들을 진실로 받아들일 수밖에 없었다. 당연히 연무흔의 명성은 폭발적으로 높아졌다.

"천하제일의 후기지수가 나타났군."

"원래는 남궁의 검룡과 쌍벽을 이룰 줄 알았는데…… 소문이 사실이라면 비교도 되지 않겠소."

"흐음, 나는 조금 의문이네. 투룡을 더 이상 후기지수로 분류하는 게 맞나?"

"나이가 어리니 후기지수는 맞지. 다만 실력이 다른 후기지수들을 아득히 초월했을 뿐."

"사실 룡(龍)이라는 별호도 부족한 것 같네. 보통 룡이라는 건 후기지수들 중에서도 가장 빼어난 이들에게 붙는 것이니 말이야. 솔직히 업적만 보면 왕(王)이라고 불려도 이상하지 않지 않나?"

"투왕(鬪王)이라…… 허어, 아직 이립도 되지 않은 젊은이에게 붙기에는 엄청난 별호군."

일부 호사가들 사이에서 그를 투왕이라고 부르기 시작하면서 많은 사람들이 그를 투왕이라고 부르기 시작했다.

물론 모두가 그것을 인정하지는 않았다.

몇몇 이들은 연무흔의 업적이 과대평가 되었다며 여전히 투룡이라고 불렀다. 하지만 한 번 사람들의 뇌리에 각인된 별호는 쉽게 사라지지 않았다.

그 소식은 곧 연무흔의 귀에도 들어갔다.

'투왕이라.'

그는 재미있다는 듯 미소를 지었다.

'나쁘지 않군.'

전생의 별호였던 패왕과 비교해도 한 글자밖에 차이가 나지 않는 별호였다.

하지만 그 차이는 엄청나게 컸다.

'패왕이 살던 시대와 지금은 다르니까.'

그 시절에는 아직 황(皇)이나 제(帝), 혹은 신(神) 같은 별호를 잘 사용하지 않았으니 말이다.

패왕은 황실의 눈치를 보진 않았지만, 사람들은 혹시나 하는 마음에 별호에 왕 이상의 것을 부르고 다니지 않던 시대였다.

황이나 제, 신 같은 별호를 사용하기 시작한 건 패왕이 관무불가침을 정식으로 이룩한 다음 세대였다고 했던가?

'나도 패왕이라는 별호가 만족스러워서 거기에 대해 별 생각 없었지.'

한데 지금은 달랐다.

무림인들은 예전과는 다르게 황이나 제 자를 제 별호에 써 가며 그 위용을 과시하고 다녔다.

왕 또한 좋은 별호였지만, 더 올라갈 곳이 있는 것이다.

'이번 생에서는 고작 왕으로 끝나진 않을 것이다.'

연무흔은 그렇게 생각하며 투왕이라는 별호를 기꺼이 받아들였다. 당연하게도 그가 머물던 무극검문에서는 축제가 벌어졌다.

안 그래도 무극검제의 손자라는 사실과 십연전에서 결정적인 활약을 했던 덕분에 무극검문 내에서도 큰 인기를 얻고 있던 연무흔이었다.

그런 만큼 많은 사람들이 연무흔이 새로 얻은 별호를 좋아해 주었다.

반면, 그와는 완전히 상반되는 분위기를 가진 곳도 있었다.

바로 수라권종이었다.

"종주. 이게 어떻게 된 거요?"

연무흔이 투왕이라는 별호를 얻었다는 소식을 들은 염호는 곧장 하진성을 찾아가 따졌다.

"……."

하지만 하진성은 묵묵부답이었다. 그는 그저 생각에 잠긴 듯 미간을 찌푸릴 뿐 대답하지 않았다.

그런 하진성에게 염호가 계속 쏘아붙였다.

"그대는 분명 창룡권갑이 연무흔을 죽일 수 있다고 했잖소. 하지만 지금 연무흔은 멀쩡히 살아 있지. 거기에다가 새로운 별호까지 얻고……."

"그만."

하진성이 차가운 목소리로 염호의 말을 끊었다.

무어라 말을 하려던 염호가 잠시 멈칫했다. 하진성의 싸늘한 기세가 그를 짓눌렀기 때문이다.

"나도 알고 있으니 굳이 알려 줄 필요는 없다."

하진성은 더 이상 예의를 차리지 않겠다는 듯 말했다.

그 모습에 염호는 얌전히 입을 다물었다. 비록 자신이 곤륜에서 파견 나온 사자라고 해도 상대는 현경에 도달한 강자.

이 강호를 움직이는 거인 중 하나였다.

그런 사람이 진심으로 분노하고 있으니 지금처럼 대했다간 죽을 수도 있다는 걸 깨달았기 때문이다.

"놈이 창룡권갑을 끼고도 죽지 않을 것 정도는 예상하고 있었다. 하지만 단순히 살아남은 걸 넘어 창룡권갑의 인정을 받다니……."

솔직히 믿기 어려운 일이었다.

하지만 하진성은 몇 번의 교차 검증을 통해 그게 사실이라는 걸 확인했다.

하지만 여전히 이해가 되지는 않았다.

'어떻게 그게 가능한 거지?'

창룡권갑은 파천수라신공을 익힌 존재만이 복종시킬 수 있는 존재였다. 백 년이 넘는 시간 동안 쭉 그래 왔다. 이미 검증이 끝난 이야기였단 말이다.

한데 연무흔은 그런 창룡권갑을 굴복시켰다.

설마 놈이 자신도 모르게 파천수라신공을 익히기라도

했단 말인가?

'아니, 그럴 리는 없어.'

파천수라신공에 대해 알고 있는 건 하씨 일족과 몇몇 수하들, 그리고 곤륜에 소속된 사람들뿐이었다.

그러니 연무흔이 그것을 익혔을 리는 없었다.

하지만 그렇다면 어떻게?

"후우."

하진성은 한숨을 내쉬었다.

의문이 꼬리에 꼬리를 물고 이어졌지만 마땅한 답은 나오지 않았다.

"어떻게 할 거요?"

그때 슬쩍 눈치를 보던 염호가 물었다.

"달라진 건 없다. 놈을 죽이고, 창룡권갑을 되찾는다. 다만 지금 당장은 조금 몸을 사려야겠지."

안 그래도 소문이 크게 나 망신을 당한 상황이었다.

소문이 크게 났다는 건, 사람들의 이목이 이쪽에 집중되었다는 것.

거기에 무극검문과 무림맹도 자신들을 예의주시하고 있었다. 그러니 몰래 병력을 움직여 연무흔을 죽이는 건 불가능에 가까웠다.

"무리를 해서라도 놈을 죽이는 게 낫지 않겠소? 놈은 괴물이오. 지금 같은 성장세가 이어진다면 당신도 놈을 죽이지 못할 수 있소."

"하, 과연 그럴까?"

하진성은 말도 안 된다는 듯 코웃음을 쳤다.

"놈의 재능이 천하제일이라는 건 인정하지. 하지만 화경까지 오르는 것과 현경에 닿는 건 다른 문제야. 아니, 오히려 재능이 넘치는 만큼 더 힘들 수도 있겠지."

그게 쉬웠다면 왜 수많은 천재들이 현경에 닿지 못하고 앞에서 고꾸라졌을까.

그 중에는 하진성 자신보다 재능이 뛰어난 사람도 있었다.

하지만 그는 성공했고, 다른 이들은 실패했다. 이 차이는 상상 이상으로 컸다.

'현경부터는 단순한 재능으로 되는 게 아니니 말이지.'

"흐음."

다만 염호는 마음에 들지 않는다는 눈치였다.

하진성은 그것을 알았지만 무시했다.

제아무리 곤륜의 뜻에 반한다고 해도 그의 우선순위는 수라권종의 존속이었기 때문이다.

'저놈의 말대로 당장 연무흔을 치면 죽일 수야 있겠지. 하지만 그렇게 된다면 수라권종은 무림 공적으로 낙인찍혀 어둠 속으로 숨어들어야 할 거다.'

마치 오랜 세월 동안 무림의 그림자 속에 숨어 있었던 혈천교처럼 말이다.

수라권종이 이 자리까지 오기 위해 얼마나 고생했는데 그럴 수는 없었다. 게다가, 만약 그렇게 된다면 곤륜이 붙잡은 그들의 목줄이 더 단단해질 것이다.

'그렇게 될 수는 없지.'

하진성은 끝까지 곤륜의 하수인으로서 살아갈 생각은 없었다.

하지만 어둠 속에 가려져 있는 그들의 세력은 막강했고, 그들로부터 독립하기 위해선 강한 힘이 필요했다.

그러기 위해선…….

'우선 이용할 수 있는 건 전부 이용한다.'

그중 하나가 바로 연무흔이었다.

물론 그 또한 당장 그 건방진 놈을 찢어 죽이고 창룡권갑을 되찾고 싶긴 했다.

하지만 곤륜은 연무흔을 경계하고 있었다.

수라권종을 제물로 바쳐서라도 그를 죽이고 싶어 할 만큼 말이다.

'그 말은 즉, 녀석을 살려 두면 곤륜을 견제할 수 있다는 뜻이겠지.'

이게 바로 하진성이 적극적으로 연무흔을 죽이지 않으려는 이유 중 하나였다.

가만히 놔둔다면 그는 알아서 곤륜의 장애물이 되어 줄 테니까 말이다.

그리고 더 나아가 그들이 대립해서 서로 공멸하기라도 한다면…….

'수라권종은 진정으로 자유로워질 거다.'

하진성의 눈이 빛났다.

혹시나 수라권종의 암살자가 오지 않을까 기다려 봤지만, 그런 건 없었다.

'아직 기회를 노리는 건가?'

아니면 무슨 다른 꿍꿍이속이 있는 걸까?

'상관없지.'

뭐가 됐든 수작을 부려오면 그때가면 박살 내주면 그만이었으니 말이다.

연무흔은 그렇게 생각하고 짐을 챙겼다. 그 모습을 본 독고령이 놀라서 물었다.

"무흔아. 돌아갈 생각이냐?"

"예. 이제 슬슬 갈 때가 된 것 같아서요."

벌써 투신문을 떠난 지 수십 일이 넘게 흘렀다.

아무리 충성심 높은 집단이라고 해도 구심점이 되는 존재가 없으면 흔들리는 법.

그는 투신문의 결집을 위해서라도 슬슬 모습을 내비쳐

야 했다. 덤으로 이번 여정에서 얻은 여러 가지를 전해 줘야 했고 말이다.

"너무 위험하지 않겠느냐? 하진성 그놈이 어떻게 나올지 모르는데……."

"괜찮습니다. 오히려 이목이 집중되고 있는 지금이 더 안전할 가능성이 높기도 하고요."

연무흔은 그렇게 말하며 독고령을 설득했다.

독고령은 납득한 것 같지는 않지만 연무흔의 고집을 꺾을 자신이 없는지 한숨을 내쉬며 고개를 끄덕였다.

"알겠다. 네 뜻이 그렇다면 막지 않으마."

"이해해 줘서 고맙습니다. 조부님. 다음에 또 오겠습니다."

"그래. 본문은 언제든 네 방문을 환영할 거란다."

독고령은 그렇게 말하고 미소를 지었다.

인사를 마친 연무흔은 즉시 경공을 펼쳐 무림맹으로 향했다. 우선 그곳에 남겨 둔 신의와 도현모가 잘 있나 확인하기 위해서였다.

하지만 무림맹에 도착해 신의를 만나기 위해 의약당으로 가려고 할 때였다.

"네가 그 투룡이라는 녀석이냐?"

한 무리의 청년들이 그의 앞을 가로막았다.

연무흔은 조용히 자신에게 말을 건 청년을 바라보았다.

나이는 이제 이십대 중반쯤 되었을까?

마치 베일 것 같은 날카로운 기도를 뿜내는 청년이었다.

청년은 푸른 무복을 차려입고 허리춤에는 검을 한 자루 차고 있었는데, 겉모습만 봐도 상당히 명검이라는 게 느껴졌다.

"그래. 너는 누구지?"

"내 이름은 남궁천이다. 못 들어 봤다고 하진 않겠지?"

연무흔은 고개를 끄덕였다.

확실히 저 이름은 들어 본 적이 있었다.

'검룡 남궁천.'

남궁세가의 소가주이자 연무흔이 등장하기 전 최강의 후기지수로 꼽히던 인물.

소문만 들어 봤지 이렇게 보는 건 처음이었다. 연무흔은 그와 시선을 마주치며 물었다.

"그 유명한 검룡이 나한텐 무슨 볼일이지?"

사실 예상이 안 가는 건 아니었다.

보나마나 최강의 후기지수가 누구인지 가려 보자고 비무나 청하러 온 것이겠지.

하지만 연무흔은 황당한 표정을 지을 수밖에 없었다. 이어지는 남궁천의 대답은 예상치 못한 것이었기 때문이다.

"투룡, 나는 남궁세가의 대표로 네게 죄를 물으러 왔다."

죄라?

"무슨 죄를 말하는 거지?"

연무흔이 물었다.

처음 보는 녀석이 찾아와서 갑자기 죄를 묻는다니.

이건 너무나 뜬금없었기 때문이다.

하지만 남궁천은 눈에 쌍심지를 켤 뿐이었다.

"발뺌하려는 거냐? 설마 남궁연이라는 이름을 잊지는 않았겠지?"

"남궁연? 아하……."

연무흔의 기억 속에 한 남자가 나타났다.

'그 녀석이군.'

전생의 기억을 되찾은 지 얼마 안 됐을 때 한 상단과 손을 잡고 자신을 죽이려고 했던 녀석이었다.

당시에도 아마 무림맹 소속이라는 걸로 자신을 협박했던 기억이 났다.

"설마 남궁세가가 이제 와서 그 복수를 하러 올 거라곤 생각도 못했군."

"우리 남궁세가는 원한을 잊지 않는다."

"잊지 않기는. 평소에는 먼 방계 따위의 죽음에는 신경도 안 쓰면서."

그 증거로 이전에 만난 백호단주 남궁호는 그에 대해서 일언반구의 언급도 없지 않았나.

남궁세가가 죽은 남궁호에 관심이 없다는 증거였다.

"어쨌든 그놈의 죽음은 자신이 자초한 것이었다. 상단에게 뒷돈을 받고 무림맹과 남궁세가의 권위를 이용해서 날 협박하고 죽이려고 했으니까. 너도 보고를 들었다면 알고 있을 텐데? 뭣하면 그때 당시 무림맹의 귀주 지부장에게 물어봐도 된다."

이미 끝난 일을 가지고 귀찮게 하는 건 딱 질색이었다.

연무흔의 말에 남궁천이 인상을 찌푸렸다.

"설령 그렇다 하더라도 그는 남궁세가의 혈족이었다. 그러니……."

"죽이는 건 너무하다고?"

우스운 소리다.

"나는 내게 칼을 들이민 놈들은 웬만하면 살려 두지 않아. 한 번 그런 경험이 있는 놈은 또 그런 짓을 하기 마련이기 때문이다. 게다가 내가 놈을 살려 두었다면 무슨 일이 벌어졌겠나? 놈은 자신이 장담한 대로 무림맹과 남궁세가를 끌어들여 일을 크게 만들었겠지."

"……."

"남궁세가 입장에서도 그건 썩 달가운 일이 아니었을 것이다. 뒷돈을 받은 쓰레기 하나 때문에 가문의 명성이 실추될 수도 있었을 테니 말이지. 나는 그 사태를 미연에 방지해 주었으니, 너는 내게 죄를 물을 게 아니라 오히려 고마워해야 한다."

"헛소리를……! 그렇다 하더라도 네 죄가 사라지진 않는다!"

남궁천이 적개심 가득한 목소리로 소리쳤다.

"그래서? 나를 어떻게 단죄할 생각이지? 죽이기라도 할 건가?"

연무흔이 빙긋 웃으며 말했다.

사아아아아악…….

동시에 그에게서 싸늘한 살기가 흘러나왔다.

남궁천과 그 뒤에 있던 청년들은 날카로운 살기에 침을 꿀꺽 삼켰다.

피부에 닭살이 돋고, 오금이 저렸다. 하지만 남궁천은 곧 당황을 가라앉히고 자신의 기운을 끌어 올렸다.

침착하게 대응하는 모습을 본 연무흔이 흥미롭다는 표정을 지었다.

'기본은 하는 놈이군.'

확실히 이전까지 천하제일 후기지수로 불리던 녀석답다고나 할까.

겁을 줄려고 했는데 반응이 제법 깔끔하다. 하지만 그렇다고 봐줄 생각은 없었다.

"나는…… 너를 쓰러뜨릴 생각이다."

"쓰러뜨려?"

"그래. 너를 꺾고 남궁의 검이 천하제일이라는 걸 다시 한번 세상에 알릴 생각이다. 그게 바로 내가 너에게 내리는 단죄…….”

“하.”

연무흔이 어이가 없다는 듯 웃음을 터뜨렸다.

“결국 한 판 붙어 보고 싶어서 이렇게 앞을 가로막았다는 거군. 죄를 묻느니 뭐니 하는 건 핑계였고 말이야.”

“…….”

남궁천은 부정하지 않았다.

“그렇다면 거절하겠다. 네놈과 놀아줄 시간 따윈 없어.”

“겁을 먹은 건가?”

“글쎄, 겁을 집어먹은 건 네놈이겠지.”

“뭐?”

남궁천의 눈빛이 사나워졌다. 하지만 연무흔은 그러든 말든 담담하게 말을 이었다.

“결국 천하제일 후기지수라는 별호가 내게 넘어오니 괜히 불안해진 것 아닌가? 가문에서는 어떻게든 해 보라며 은근히 압박을 주고, 주변 시선도 예전 같지가 않을 테니 말이야. 그러니 무서워졌겠지.”

자신이 더 이상 예전처럼 대접받지 못한다는 사실이 말이다.

원래 가져 보지 못한 놈이었다면 모를까?

모든 걸 가지고 있던 놈이 자신의 것이라고 생각한 걸 빼앗겼으니 열이 받을 만도 했다.

하지만 그런 사정 따위를 연무흔이 알아줄 필요는 없었다.

"그래서 네놈은 나를 통해서 다시 한번 자신을 증명하려고 하는 거다. 내 말이 틀렸나?"

"아, 아니야! 나는 네놈을 단죄하러……."

"핑계대지 마라."

연무흔은 차가운 어투로 그렇게 말했다.

"억지를 부린다고 네가 하는 행동과 말이 정당화될 것 같으냐? 스스로 생각하기에도 아니겠지. 그럴 바에는 차라리 처음부터 떳떳하게 이유를 말해라."

네가 마음에 들지 않으니, 박살을 내겠다고 말이다.

"나는……."

남궁천이 무어라 말을 하려고 할 때였다.

"무슨 일이지?"

"싸움이 났나 본데."

"저건 투왕이 아닌가? 그리고 반대쪽은……."

"검룡이군! 세상에! 설마 저 두 명이 붙는 건가?"

너무 오래 소란을 피워서일까?

이곳저곳에서 무슨 일인가 하고 구경꾼들이 잔뜩 모여들었다.

그들의 시선을 받은 남궁천의 얼굴이 벌게졌다. 연무흔은 그런 남궁천을 향해 말했다.

"용건은 끝난 건가? 이제 가 봐도 되겠지?"

"……기다려라."

남궁천은 떨리는 목소리로 말을 이었다.

"그래, 네 말대로다. 죄니 뭐니 하는 건 핑계고, 나는 네게 빼앗긴 천하제일 후기지수라는 별호가 아까워서 찾아온 거지."

"나, 남궁 형님!?"

옆에서 그를 따라온 다른 청년들이 놀라서 남궁천을 바라보았다.

설마 그가 솔직하게 말할 줄은 몰랐으니까.

'의외군.'

그건 연무흔도 마찬가지였다. 그는 당연히 남궁천이 인정하지 않고 떼를 쓸 거라고 생각했기 때문이다.

"그래서?"

"그 자리를 되찾기 위해 네게 도전하고 싶다. 내 도전을 받아 주겠는가?"

남궁천이 들끓는 것 같은 목소리로 물었다.

연무흔이 피식 웃었다.

"아까처럼 빙빙 말을 돌리지 않고 직설적으로 해서 좋군."

"대답은?"

"따라와라."

여정을 떠나기 전, 가벼운 몸 풀기 정도는 될 것이다.

무림맹에 설치된 비무장.

그곳에 수많은 사람들이 모였다.

바로 투왕 연무흔과 검룡 남궁천이 대결한다는 소리를 듣고 찾아온 이들이었다.

이전부터 서로 엮이며 사람들의 입에 오르락내리락 하던 두 사람인 만큼 현장의 열기는 대단했다.

"자네는 누가 이길 것 같나?"

"그거야 당연히 투왕이지. 그는 이미 수많은 일들을 통해 자신을 증명하지 않았나."

"하지만 검룡은 훗날 천하제일인이 될지도 모른다는 기대를 한 몸에 받던 기재야. 아직 무림에 정식으로 출도하지 않아서 그렇지, 검룡도 만만치 않을 걸세."

"흐음, 그냥 보긴 아쉬운데. 내기라도 하겠나?"

"좋지."

곳곳에서 누가 이길지에 대한 열띤 토론이 이어졌다.

그 사이 연무흔은 소식을 듣고 찾아온 조소학에게 붙들려 있었다.

그는 피로에 찌든 얼굴로 전음을 보냈다.

[꼭 무림맹에 돌아오자마자 사고를 쳤어야 했나?]

[사고를 친 건 저쪽이고, 나는 휘말린 쪽이오.]

연무흔은 담담하게 대답했다.

그의 말이 사실이라 더 뭐라 할 수도 없다는 것을 깨달은 조소학이 깊은 한숨을 내쉬었다.

[살살하게. 죽이거나 어디 한 곳을 자르지도 말고.]

[그렇게까지 할 생각은 없소.]

연무흔은 그렇게 대답하며 비무대로 나왔다.

저렇게 경고만 하고 말리지 않는다는 건, 이 싸움이 조소학에게 도움이 되는 일이기 때문일 것이다.

'조소학은 지금 권력 다툼에 휘말려 있으니 말이지.'

비록 남궁천은 무림맹 출신이 아니지만, 무림맹에 강한 영향력을 행사하는 남궁세가의 소가주였다.

그런 만큼 연무흔이 그를 쓰러뜨리면 칠대세가 쪽의 기세가 조금 꺾일 거라는 예측을 했기 때문이리라.

'십연전 때 받은 도움이라고 생각하면 되겠지.'

연무흔은 잡생각을 멈추고 기다리고 있는 남궁천을 바라보았다. 남궁천은 이전에 연무흔에게 당했던 백호단주, 남궁호와 무어라 전음을 나누고 있었다.

'아무래도 싸우고 있나 보군.'

두 사람의 표정을 보면 빤히 보였다.

아마도 이번 일이 남궁천의 독단이기 때문이겠지.

남궁호는 연무흔을 한 번 겪어 본 만큼 이런 짓을 해서는 안 된다고 말하고 있을 것이다.

물론 남궁천은 받아들이지 않고 말이다.

그렇게 얼마나 기다렸을까?

터벅, 터벅.

살짝 분노한 발걸음의 남궁천이 비무대 위로 올라왔다.

"의견이 잘 안 맞았나 보지?"

연무흔은 그를 보고 빙그레 웃으며 말했다.

남궁천은 인상을 찌푸리고는 대답 대신 자신의 검을 뽑아 들었다.

스릉.

"오오!"

어딘가에서 탄성이 튀어나올 정도로 잘 만들어진 검이었다.

역시 남궁세가의 소가주라는 걸까?

고작 준비 자세를 취했을 뿐인데 빈틈이 없어 보였다.

연무흔 또한 웃음을 거두고 검을 뽑아 들었다.

"하압!"

남궁천은 시작한다는 말도 없이 연무흔에게 달려들었다.

아직 경험이 부족한 애송이 치고 괜찮은 판단이었다.

남궁천은 검을 들고 그대로 검법을 펼쳤다. 이전에도 본 적이 있는 대연검법.

하지만 남궁호가 펼칠 때와는 또 달랐다.

묵직하면서도 날카로운 검격이 중량감을 가지고 그에게

쇄도했다.

연무흔은 그대로 내리치는 검을 받아 냈다.

카앙!

불똥이 튀기며 쇳소리가 사방으로 울려 퍼졌다.

잠시간의 힘겨루기. 하지만 그 시간은 그리 길지 않았다.

힘 싸움에선 안 된다는 판단을 내린 남궁천이 곧장 전법을 바꿨기 때문이었다.

사아아악!

푸르른 검기를 뽑아낸 그의 검이 허공에 그림을 그렸다.

그렇게 검이 지나간 자리는 그의 영역이 되었다. 남궁천은 조금씩 푸른 검기를 덧칠해 가며 사방을 자신의 공간으로 채웠다.

창궁무애검법.

남궁세가를 상징하는 검법 중 하나이자 남궁천이 가장 자신 있어하는 검법이었다.

실제로 그 아름다움과 난해함을 본 주변에서 감탄이 터져 나왔다.

"저게 바로 그 유명한 창궁무애검법인가!"

"대단하군. 어린 나이에 저걸 펼칠 수 있다니……."

"역시 남궁세가에 천재가 있다는 소문은 뜬소문이 아니었어."

"투왕도 창궁무애검 앞에서는 방어밖에 하지 못하는군."

어느 관중의 말대로 연무흔은 창궁무애검이 펼쳐진 이후부터 방어 일변도를 고집하고 있었다.

하지만 그럴수록 남궁천의 표정은 점점 더 썩어 들어갔다.

'겉보기에는 내가 밀어붙이고 있는 모양새지만…….'

직접 검을 부딪치고 있는 그는 알고 있었다.

상대는 반격을 못하는 게 아니라 안 하고 있다는 것을.

'건방진 놈.'

남궁천은 인상을 찌푸렸다.

연무흔이 자신의 앞에서 저렇게 여유를 부리는 게 마음에 들지 않았기 때문이다.

'네놈이 그렇게 나온다면, 더 이상 여유를 부리지 못하게 해 주마!'

그는 그런 생각으로 기운을 끌어 올렸다.

"하아압!"

동시에 검에 깃든 푸른 검기가 더욱 짙푸르게 변했다.

남궁천은 창궁무애검법의 절기를 펼쳤다.

창천(蒼天).

광활하고 푸르른 하늘을 연상시키는 빛이 남궁천의 검에 깃들었다.

그는 있는 힘을 다해 검을 내리쳤다. 마치 하늘이 무너져 내리는 것 같은 일격이었다.

하지만…….

연무흔은 그저 여유롭게 허공에 검을 내리그을 뿐이었다.

무극단천(武極斷天).

카앙!

그걸로 끝이었다.

무너져 내리던 하늘이 그대로 갈라져 쩍 벌어진다.

남궁천은 자신의 검기가 베였다는 사실에 경악해 입을 벌렸다.

하지만.

"……!"

그는 이어지는 연무흔의 검을 보고 놀라고 말았다.

마치 하늘을 유영하는 용처럼 휘어진 검격이 자신의 목을 향해 쏘아졌기 때문이다.

그리고 툭.

연무흔은 척마검의 검면으로 가볍게 남궁천의 어깨를 두들겼다.

이 상황이 이해가 되지 않는 듯 멍하니 있는 남궁천의 모습에 연무흔은 피식 웃었다.

"한 번 죽었다."

뒤늦게 관중석에서 함성이 터져 나왔다.

"와아아아아아아아!"

쩌렁쩌렁한 함성이 끊임없이 이어졌다.

언뜻 보기에 승부는 이미 난 것이나 다름없었기 때문이

다. 하지만 남궁천은 그것을 받아들일 수가 없었다.

'한 번 죽었다고?'

마치 자신을 놀리는 것 같지 않은가.

남궁천은 이런 식으로 끝나는 비무를 원치 않았다. 그렇기에 그는 검을 치켜들었다.

"아직 끝나지 않았다!"

남궁세가의 경신법인 천풍신법이 펼쳐졌다.

남궁천은 미친 듯한 속도로 검을 휘둘렀다.

언뜻 보기에 그것은 아까의 공격보다 훨씬 매서워 보였지만.

'침착함을 잃었군.'

연무흔은 가볍게 혀를 찼다.

남궁세가의 무공은 날아갈 것 같은 가벼움이 아닌 묵직함이 핵심이었다.

그래서 창궁무애검법이든 제왕검형이든 모두 중검에 기반을 두고 있지 않던가.

하지만 남궁천은 흥분해서 그 사실을 까맣게 잊어버린 듯했다.

"하아압!"

남궁천이 다시 한번 창궁무애검법을 펼쳐 왔다.

연무흔은 검을 휘두르는 대신 투신갑을 생성해 몸에 둘렀다. 뒤이어 펼쳐지는 건 격공장.

콰!

굉음과 함께 검격과 투신갑이 부딪쳐 작은 기파가 일어났다.

남궁천, 그리고 지켜보던 관중들은 경악할 수밖에 없었다. 손바닥과 검이 부딪쳤는데 밀려 나간 건 검이었기 때문이다.

하지만 놀라고 있을 시간은 없었다.

"두 번 죽었다."

퍽!

가벼운 충격을 받은 남궁천이 가슴팍을 어루만졌다.

방금 검을 튕겨 낸 장법이 그대로 자신의 가슴을 후려쳤기 때문이다.

"크……."

남궁천이 신음을 흘렸다.

외부의 상처는 크지 않았지만, 내부의 기가 진탕이 되어 공력을 끌어 올릴 수가 없었다.

하지만 그것보다 신경 쓰이는 건 연무흔이 진심이었다면 그는 이번에 정말로 죽었을 거라는 사실이었다.

"이, 이제 승부가 난 것 아닌가?"

"한 번도 아니고 두 번이나 공격을 허용했는데……."

"자네들이 보기에도 그렇지?"

심지어 주변에서는 이런 수군거림까지 들려왔다.

남궁천의 눈에 불이 붙었다. 도저히 이대로 끝낼 수는 없었다.

"으아아아아!"

그는 반쯤 이성을 잃은 채 연무흔에게 달려들었다.

"흠."

무작정 나서는 그의 모습을 본 연무흔이 인상을 찌푸렸다.

기혈이 꼬여 현저하게 약해진 주제에 이렇게 달려들 줄이야.

쿠구구구궁!

연무흔의 주변으로 패도적인 힘이 모여들었다.

근처에 있던 관중들이 기함했다.

언뜻 보면 지금 연무흔의 검이 남궁천을 죽일지도 모른다는 생각이 들어서였다.

하지만.

콰직!

벤 것은 남궁천이 아닌 남궁천의 검이었다.

투두둑.

"……."

남궁천은 산산조각이 나 흩어지는 자신의 검을 보고 멍한 표정을 지었다.

그의 인생을 통틀어 생각해 봐도 이렇게 허무하게 검이 부숴져 본 적은 지금이 처음이었다.

남궁천은 이게 꿈인지 생시인지 도저히 알 수가 없었다.

으득.

남궁천은 이를 악물고 부러진 검을 들어 올렸다. 관중들 사이에서 놀란 감정이 섞인 탄성이 터져 나왔지만, 그의 눈에는 오직 연무흔밖에 보이지 않았다.

나는 이 정도로 포기하지 않는다는 눈빛.

연무흔은 피식 웃으며 말했다.

"제법 근성은 있는 놈이었군."

하지만 그뿐이었다.

연무흔은 자신에게 달려드는 남궁천의 복부에 주먹을 후려갈겼다.

뻐억!

"커헉!"

달려오던 남궁천이 헛숨을 내뱉으며 뒤로 튕겨 나갔다.

그는 배를 부여잡고 꺽꺽거리다가 이내 고개를 떨궜다. 더 싸우고 싶었지만 몸이 따라 주지 않았기 때문이다.

그를 본 조소학이 비무대 위로 올라와 선언했다.

"이 비무는 투왕의 승리일세."

"와아아아아아아!!"

그를 지켜보고 있던 관중들이 거센 함성을 내질렀다.

천하제일 후기지수가 누구냐는 논쟁이 완전히 결판나는 순간이었다.

심지어 비무를 펼치는 동안 압도적인 모습을 보여 주었으니 이견의 여지조차 없었다.

연무흔은 아직도 쓰러져서 숨을 헐떡이던 남궁천에게 전음을 보냈다.

[고생했다.]

나름 칭찬을 한 것이었지만 대답은 돌아오지 않았다.

상관없었다. 연무흔은 비무장에서 빠져나가 의약당으로 향했다. 이제 신의와 도현모를 만날 시간이었다.

다시 본 두 사람의 상태는 이전보다 현저히 좋아져 있었다. 아직 후유증이 사라진 건 아니지만 마차를 타면 장거리 이동을 충분히 버틸 수 있을 것 같았다.

“남궁세가의 소가주를 쓰러뜨리고 왔다고?”

신의가 눈을 동그랗게 뜨며 물었다.

상당히 놀랐다는 반응이었다.

당연했다. 검룡이 어떤 인물이던가?

십 년 전부터 남궁세가에서 난 천재라고 많은 사람들이 기대를 걸었던 인물이었다.

그런 만큼 신의 또한 그 소문을 알고 있었고, 검룡을 쓰러뜨렸다는 사실에 놀랄 수밖에 없는 것이다.

‘역시 정말 대단한 무인이었군.’

하긴 그러지 않았다면 자신과 다른 포로들을 혈천교의 손에서 구하지도, 무극검문과 수라권종의 분쟁에 끼어들지도 못 했을 것이다.

“역시 대단하시군요. 그 검룡을 무찌르다니…….”

신의가 순수히 감탄했다면, 도현모는 안도하는 기색이 컸다.

그는 자신의 보호자로 연무흔과 그의 문파인 투신문을 선택했기 때문이었다.

자신을 지켜 줄 사람이 이렇게 강하다니 한결 마음이 놓이는 느낌이었다.

도현모는 간만에 빙긋 웃을 수 있었다.

“그건 그렇고, 마차를 끌고 갈 생각인데 둘 다 이동할 수 있겠소?”

“저는 충분히 가능합니다. 발을 좀 절긴 하지만 마차를 이용하면 문제없을 테니까요.”

“나도 마찬가지일세. 자네가 원한다면 언제든지 출발하지.”

“너무 무리해서 말할 필요 없소. 만약 불편한 것이 있다면 두 사람 다 지금 말해 주시오.”

그렇게까지 말해 봤지만 두 사람은 괜찮다는 듯 고개를 저었다.

연무흔은 알겠다는 듯 고개를 끄덕였다.

"좋소. 그렇다면 오늘 바로 출발하도록 하지."

"잠깐……!"

한데 그때였다.

어디선가 다급한 목소리가 들려온 건.

고개를 돌려 목소리의 주인을 확인해 보았다.

연무흔은 살짝 인상을 찌푸렸다.

아직도 부상에서 벗어나지 못한 건지 숨을 헐떡이는 남궁천이 그곳에 있었다.

"무슨 일이지? 우리의 볼일은 아까 끝났을 텐데."

"지금…… 지금 무림맹을 떠나려는 생각이냐?"

"그래. 우선 마차를 구해야겠지만 오늘 안으로 떠나겠지."

"나도 데려가 다오!"

"뭐?"

연무흔이 인상을 찌푸렸다.

대체 무슨 소리를 하는 걸까?

"네가 우릴 왜 따라와?"

"강해지고 싶기 때문이다."

"그게 나를 따라오는 것과 무슨 상관이지?"

"방금 전의 비무에서 패배한 다음 그런 직감이 들었다. 너를 따라가면 강해질 수 있을 것 같다고. 단지 그뿐이다."

두서없는 말이었다.

다른 사람이 들었다면 횡설수설하지 말라고 핀잔을 줄지도 몰랐을 만큼.

하지만 연무흔은 그 속에 담긴 진심을 읽었다.

남궁천은 지금 정말로 그를 따라가면 강해질 거라고 생각하고 있었다.

'이놈, 비소랑 같은 부류였군.'

강해지기 위해선 뭐든지 하고, 심지어는 머리 숙이기를 주저하지 않는 그런 부류 말이다.

콧대 높은 명문가 도련님 치곤 흔하지 않은 특성이기도 했다. 하긴, 그러니까 비무에서 졌음에도 몇 번이나 덤벼들었을 터.

'흐음.'

남궁천을 받아들이는 것 자체는 문제없었다.

일행이 늘어난다고 문제가 생기는 건 아니었으니까.

하지만 그것과는 별개로 남궁천을 받을 이유가 없긴 했다.

이 녀석을 투신문에 손님으로 데려가 봤자 뭘 하겠는가?

'아니지. 쓸 데가 아예 없는 건 아니군.'

연무흔은 이내 생각을 정리하고는 입을 열었다.

"좋다. 함께 가도록 하지."

"……!"

남궁천의 얼굴이 환해졌다.

설마 곧바로 허락해 줄 거라곤 생각 못 했다는 반응이다.

아마 거절할 걸 대비해서 몇 번이나 더 애원할 생각을 하고 있었겠지.

하지만 연무흔의 말은 여기서 끝이 아니었다.

"다만 조건이 있다. 이 조건을 수락하지 않으면 너를 받을 생각은 없어."

"조건이라고? 무슨 조건이지?"

"안심해라. 무리한 걸 요구하지는 않을 테니."

연무흔은 빙긋 미소를 지으며 말했다.

"지금부터 삼 년 동안 투신문에서 봉사하는 것."

"……!"

"그것이 너를 데려가 주는 조건이다."

남궁천의 얼굴에 놀라움이 떠올랐다.

남궁천은 바로 대답하지 않고 한참을 고민했다.

"받아들이지."

하지만 결국 연무흔의 제안을 받아들이고 말았다. 지금 이 기회를 놓친다면 다음은 없다는 걸 본능적으로 느껴서였다.

"좋아. 그렇다면 이제 나를 문주라고 불러라. 그리고 우리가 귀주까지 내려가는데 쓸 만한 마차와 마부도 구해 오도록."

"알았다."

남궁천은 순순히 고개를 끄덕이고 밖을 나갔다.

그 모습을 본 신의가 걱정스레 물었다.

"자네, 정말로 괜찮겠나? 남궁세가가 가만히 있지 않을 텐데."

이번 제안은 말하자면 남궁천을 삼 년 동안 수하로 받아들인다는 것과 다르지 않았다.

그런 만큼 남궁세가 측에서 용납하지 않을 가능성이 컸다.

자기네 소가주가 남의 밑에서 일하면 좋아할 리가 없었으니 말이다.

하지만 연무흔은 태연했다.

"그가 고른 선택이오. 내가 강제한 것도 아니고, 스스로 결정한 것이니 알아서 하겠지."

무엇보다 조건이라고 내걸었지만, 연무흔은 남궁천을 강제할 생각이 없었다.

원한다면 언제든 보내 줄 생각이었다는 소리다.

'그런데도 남궁세가 측에서 시비를 걸어온다면…….'

언제나 그랬듯이 박살 내 줄 수밖에.

연무흔은 그렇게 생각하고 남궁천을 기다렸다.

과연 무능하진 않은지 그는 얼마 지나지 않아 커다란 마차 한 대를 구해 왔다.

그들은 곧 투신문을 향해 출발할 수 있었다.

무림맹에서 출발하면 꽤 먼 거리긴 했지만…….

'생각보다 별일은 없군.'

연무흔은 주변 풍경을 보며 그렇게 생각했다.

거리만 멀다 뿐이지 여정은 평화로웠기 때문이다.

'혈천교의 잔당이나 수라권종의 암살자가 올 줄 알았거늘.'

예상과 다르게 그런 건 없었다.

둘 다 그런 걸 보내기엔 전력이 부족해서일까?

아니면 어정쩡한 녀석들을 보내 봤자 피해만 커진다는 걸 알기 때문일까?

어느 쪽이든 좋았다. 덕분에 연무흔은 방해받지 않고 여정을 즐길 수 있었기 때문이었다.

그러던 중이었다.

"그런데 문주, 투신문에 봉사하라는 게 정확히 무슨 뜻이지?"

잠시 멈춰 서 모닥불 위에 고기를 굽던 남궁천이 물었다.

"투신문에 들어가서 일을 도우면 되는 건가?"

연무흔은 그의 질문에 작게 고개를 저었다.

"그래, 정확히 알아들었군."

"정확히 어떤 일을 하면 되지?"

"안심해라. 어려운 일은 아닐 테니 말이야. 나는 네게 검술 교관 직을 맡기려고 하고 있다."

연무흔의 말에 남궁천의 눈이 동그랗게 변했다.

"검술 교관?"

"그래. 슬슬 문도들에게 무공을 가르쳐 줘야겠다고 생각했거든."

본래 문파라는 건 구성원들에게 무공을 가르쳐 주며 세를 유지하는 곳이었다.

지금에 와선 안 그런 곳이 훨씬 더 많아져 다들 그러려니 하고 넘어갔지만 말이다.

연무흔의 생각은 달랐다.

그는 문도들에게 자신이 아는 무공들을 가르쳐 투신문을 더 강하게 만들 생각이었다.

남궁천이 난색을 표했다.

"미안하지만 남궁세가의 무공은 가르쳐 줄 수 없다. 그건……."

"무슨 소리를 하는 거냐? 남궁세가의 무공은 바라지도 않아."

"그러면 내가 가르쳐 줄 수 있는 게 없는데? 아, 삼재검법이나 육합검같이 기본 검법을 가르치려는 건가?"

"아니, 그런 건 아니다. 그것보다는 수준 높은 검법을 전수할 생각이니까."

연무흔은 잠시 옛 기억을 떠올리며 물었다.

"남궁천, 혹시 칠보검(七步劍)이라는 무공을 들어 본 적 있나?"

8장

"칠보검?"

남궁천이 고개를 갸웃했다.

들어 본 적 없다는 표정이다.

"칠보검은 과거 검귀(劍鬼)라고 불리던 무인이 사용하던 무공이다. 기본에 충실하면서도 활용도가 높아 무척 쓸 만한 검법이지."

"검귀라……."

남궁천의 눈가가 미미하게 찌푸려졌다.

"누군지 모르겠군. 검귀가 너무 많아서 감이 안 잡혀."

시대마다 검귀라고 불린 사람이 한두 명씩은 꼭 있었기 때문이다.

연무흔은 피식 웃으며 말했다.

"굳이 누군지 확실히 알 필요는 없다. 어차피 중요한 건 그가 누군지 보다 그의 무공이 어떤지니까."

"확실히 그건 그렇군. 칠보검이라고 하면 감이 안 잡히는데 좀 보여 줄 수 있겠나? 어차피 가르치려면 나도 알아야 하니까."

"그러지."

그는 흔쾌히 수락하고 앞으로 나섰다.

남궁천뿐만 아니라 신의와 도현모의 시선까지 집중되는 게 느껴졌다.

연무흔은 개의치 않고 검을 뽑아 들었다. 그는 남궁천을 바라보며 말했다.

"칠보검은 이름에서 알 수 있다시피 다리의 움직임이 가장 중요한 무공이야. 검을 휘두를 때마다 이동하는 게 핵심이지."

연무흔은 시범을 보이려는 듯 천천히 칠보검의 초식을 펼치기 시작했다.

스읔.

그의 신형이 앞으로 나감과 함께 검이 뻗어졌다.

언뜻 보기엔 평범한 대각선 베기.

하지만 뭔가 이상했다.

'주변의 공간이…….'

마치 검에 빨려 들어가는 것 같았다.

묘한 느낌이다.

남궁천은 단 하나도 놓치지 않겠다는 듯 계속해서 연무흔을 응시했다.

연무흔은 신경 쓰지 않고 나머지 초식을 보여 주었다.

그럴 때마다 이질적인 느낌은 점점 더 거세졌다.

결국 남궁천은 칠보검이 어떤 무공인지 깨달을 수 있었다.

"공간을 지배하는 무공이군."

"벌써 알아차렸나?"

연무흔이 살짝 놀랐다는 듯 말했다.

그도 단 한 번 보고 칠보검의 핵심을 짚을 줄은 상상하지 못했으니까.

하지만 이해가 안 되는 건 아니었다.

'하긴, 이 녀석도 나름 천재였지.'

자신이 나타나기 전까진 천하제일 후기지수의 자리를 굳건히 지키고 있던 재능의 총아였다.

그런 만큼 검술을 보는 눈에 관해선 일가견이 있을 수밖에 없을 터.

"네 말대로 칠보검은 공간을 점하는 데 특화된 무공이다. 대성하면 일곱 걸음 내에 적수가 없어질 만큼 무시무시한 무공이지."

"……!"

남궁천의 눈빛이 떨렸다.

확실히 지금 보여 준 무공엔 그런 가능성이 보였기 때문이다.

'고수라는 건 자신에게 주어진 공간을 잘 활용할 수 있는 사람을 뜻하는 말이니까.'

그런 의미에서 공간을 지배하는 칠보검은 무척이나 뛰어난 무공이었다.

그렇기에 더욱 놀라웠다.

"이걸 내게 가르쳐 준다고?"

"네게 가르치는 게 아니라, 너를 통해서 문도들을 가르치는 거다."

"그게 그거지. 그나저나 아깝지는 않나? 이런 귀한 검법을 남에게 알려 준다는 게."

남궁천은 직설적으로 물었다.

지금 보여 준 칠보검은 어지간한 문파라면 비전 절기로 취급해도 이상하지 않을 만큼 훌륭한 무공이었기 때문이다.

한데 이것을 자신은 물론이고 모든 문도들에게 가르치겠다니.

남궁천의 상식으로는 이해할 수 없었다.

하지만.

"그게 뭐가 아깝지?"

연무흔이 진심으로 의아하다는 듯 고개를 갸웃했다.

그에게 있어서 칠보검은 패왕 시절에 수집한 수많은 무공들 중 하나였을 뿐이다.

그래서 그런지 가르침을 베푸는 데 전혀 아깝지 않았다.

오히려 칠보검을 시작으로 다른 무공들도 천천히 알려 줄 생각이었다.

'예전과 같은 성세를 되찾으려면 투신문의 전력도 한층 더 강해져야 하니 말이지.'

하지만 그런 연무흔의 생각을 모르는 남궁천은 그저 감탄할 수밖에 없었다.

'진심으로 자기 문도들을 위하는 문주구나.'

그렇지 않으면 이런 귀한 걸 알려 줄 리가 없었기 때문이다.

남궁천은 새삼스럽다는 눈빛으로 연무흔을 바라보았다. 그의 마음속에 자그마한 존경심의 싹이 자라나는 순간이었다.

연무흔은 여행 중 끊임없이 칠보검에 대해 가르쳤다.

겉보기에는 간단해 보였지만, 칠보검은 그렇게 쉬운 무공이 아니었다.

'검을 내디디는 과정에서 수많은 변화를 일으켜야 하니까.'

하지만 남궁천은 천재답게 비교적 손쉽게 칠보검을 익

혀 나갔다.

연무흔의 예상보다도 훨씬 빠른 성취였다.

'이 정도면 곧 다른 것도 가르쳐도 되겠어.'

물론 하나를 완벽하게 펼쳐낼 때까지 정말로 전수해 주지는 않을 것이다.

괜히 한 번에 두 개 이상의 무공을 배우면 방해가 될 테니까 말이다.

그러기를 대략 스무날.

"도착했군."

그들은 고대하던 투신문에 도착할 수 있었다.

언제 온다는 소식을 들었는지 투신문 앞에는 삼백 명이 넘는 문도들이 도열해 있었다.

"문주님을 뵙습니다!"

삼백 명의 문도들이 한쪽 무릎을 꿇고 포권하며 쩌렁쩌렁한 목소리로 외쳤다.

장엄하기까지 보이는 광경.

그에 함께 온 일행들이 입을 쩍 벌렸다.

심지어는 남궁세가의 소가주 출신인 남궁천마저도 놀란 반응이었다.

"돌아오셨군요. 주군."

그런 일행의 앞을 한 남자가 맞이해 주었다.

투신문의 생계를 책임지는 소 총관이었다. 연무흔은 그

를 향해 온화하게 웃으며 물었다.

"소 총관, 별일은 없었나?"

"보고드릴 일이 꽤 있긴 합니다. 하지만 보고를 듣기 전에 먼저 여독을 푸시지요."

"그렇게 하도록 하지."

연무흔은 군말 없이 고개를 끄덕였다.

소 총관은 이어서 뒤에 있는 세 사람들을 바라보며 물었다.

"이분들은?"

"여기 두 사람은 손님이고, 이 녀석은 임시 문도다. 무림맹에서부터 같이 왔지."

"화서명이라고 하오."

"도현모라고 합니다. 잘 부탁드리겠습니다."

앞선 두 사람이 소 총관을 향해 인사했다.

한데 소 총관의 표정에 당황이 떠올랐다. 그는 연무흔을 바라보며 물었다.

"주군, 혹시 이분은……."

"아마 그대가 생각하는 사람이 맞을 거다. 여기 있는 화 의원은 강호에서는 신의라고 불리고 있지."

"시, 신의!"

도열해 있던 투신문도들 사이에서 웅성거림이 터져 나왔다.

신의라는 이름은 그만한 가치가 있었기 때문이다.

하지만 그들의 놀라움은 거기서 끝이 아니었다.

"여기 있는 도 장인은 황궁무고에 납품을 하던 장인이다. 그리고 이쪽은……."

"남궁세가의 소가주인 남궁천이라고 하오."

"검룡!"

문도들의 눈동자가 사정없이 떨렸다.

신의만으로도 놀라운 지경인데, 심지어 검룡까지 데려오다니?

심지어 그런 검룡이 임시 문도란다. 솔직히 믿기 힘든 정보였다.

그건 소 총관 또한 마찬가지였는지 그가 황망한 표정으로 물었다.

"문주님. 도대체 무슨 일이 있었던 겁니까?"

연무흔이 씨익 웃으며 대답했다.

"많은 일이 있었지."

정말 많은 일이 말이다.

하지만 연무흔은 굳이 그 자리에서 모든 걸 설명하지 않았다.

삼백 명의 문도들을 이렇게 세워 두는 것도 별로고, 어차피 시간이 지나면 모두가 알게 될 테니까.

연무흔은 도열해 있던 일반 문도들을 해산시키고 간부

진만을 남겨 인사를 나누었다.

한데 주목할 만한 일이 있었다.

"곽 호법. 벽을 넘었군?"

"역시 주군이십니다. 바로 알아보셨군요."

이제는 화경의 고수가 된 곽향이 씨익 웃으며 말했다.

그가 자리를 비운 동안 무슨 일이 있었는지, 곽향의 경지가 한 단계 높아져 있었던 것이다.

남궁천은 그 모습을 보고 상당히 놀랄 수밖에 없었다.

'투신문은 투왕이 혼자서 이끌다시피 하는 작은 문파라고 들었는데.'

그게 세간에 알려진 투신문의 인상이었다.

하나부터 열까지 모든 걸 연무흔 혼자서 이끌어 나가는 중소 규모의 문파.

실제로 많은 이들이 투신문의 중간 간부층은 그리 탄탄하지 못하다고 생각했다.

연무흔의 활약이 계속해서 들려오는 것과는 대조적으로, 다른 간부들의 이야기는 하나도 들려오지 않았기 때문이었다.

'그런데 화경의 고수가 있다니.'

화경의 고수는 남궁세가 내에서도 손에 꼽을 만큼 희귀한 존재였다.

게다가 다른 이들…….

투신문의 시작을 함께 했다는 다른 간부진들 또한 만만치 않아 보였다.

심지어 그중 한 명은 마찬가지로 벽을 넘기 직전처럼 보였고 말이다.

"다들 수련을 열심히 했나 보군. 고작 백 일도 지나지 않았는데 많이 변했어."

"모두 필사적이었으니까요."

곽향이 웃으며 말했다.

"주군께서 자리를 비우신 사이에 이루신 업적들이 한두 개가 아니지 않습니까? 저희에게 들려오는 것들만 세어 봐도 엄청났지요."

"내가 뭔가를 많이 하고 오긴 했지."

연무흔이 피식 웃으며 말했다. 어떻게 상황이 돌아갔는지 짐작이 됐기 때문이다.

"그래서 저희도 주군의 짐이 되지 않도록 정말 피가 터져라 노력했지요. 혹시라도 주군의 발목을 잡으면 안 되니까요."

"그렇게 생각해 줘서 고맙군."

"저희가 더 감사하지요. 어쨌든 주군 덕분에 성장의 계기를 잡게 된 것이니 말입니다."

그렇게 말하는 곽향의 시선에는 진심이 담긴 존경과 애정이 담겨 있었다.

다른 간부들도 마찬가지였다. 심지어 비소조차 정도는 약할지언정 존경을 담아 연무흔을 바라보고 있었다.

"……."

남궁천은 그 모습을 보고 침을 꿀꺽 삼켰다.

문도들에게 존경을 받는 문주는 많다.

당장 아버지인 남궁세가주만 해도 가솔들에게 엄청난 존경을 받지 않는가.

하지만 자신과 비슷한 나이의 연무흔이 이렇게까지 존경과 사랑을 받을 줄은 몰랐다.

그는 새삼스럽다는 눈으로 연무흔을 바라보았다.

처음에는 단순히 저 압도적인 무력만을 보고 따라온 건데, 보고 배울 점이 하나가 아닌 듯했다.

"문주. 이쪽은 검룡이라고 했던 거 같은데, 내가 아는 그 검룡이 맞소?"

그때 비소가 궁금한 듯 남궁천을 가리키며 말했다.

연무흔은 고개를 끄덕이며 그 질문에 대답해 주었다.

비소는 그에 흥미롭다는 듯 웃었다.

"혹시 한 번 싸워 봐도 되겠소?"

"비소!"

옆에 있던 소진호가 비소의 옆구리를 쿡 찔렀다.

하지만 비소는 전혀 개의치 않은 듯 연무흔만을 바라보았다.

"본인만 괜찮다면 상관없다. 하지만 지금은 여정에서 막 돌아온 참이니 참도록."

여기서 안 된다고 해도 비소는 어떻게든 남궁천과 한 번 붙어 보려고 할 것이다.

애초에 그는 그런 성격이었으니까.

게다가 남궁천 본인도 싫지는 않은 눈치였다.

비소는 어지간한 용봉을 뛰어넘는 실력을 가진 만큼 그의 흥미를 사기에도 충분했다.

'아마 둘이 붙으면 남궁천이 이길 테지만.'

그래도 서로 얻는 게 많을 것이다.

비소는 그걸 자양분으로 더 강해질 테니 투신문주라는 입장에선 거절할 이유가 없었다.

"그렇게 하도록 하겠소."

비소는 그렇게 말하며 빙그레 웃었다.

연무흔은 수하들을 시켜 세 사람에게 숙소를 안내해 주라고 명한 뒤 가볍게 목욕을 마쳤다.

깨끗하게 몸을 씻고 나온 그가 소 총관을 불렀다.

지금까지 있었던 일에 대한 보고를 듣기 위해서였다.

"벌써 업무를 보시려는 겁니까? 좀 더 쉬시지 않고……."

"업무를 보는 것까지는 아니고, 그냥 무슨 일이 있었는지 가볍게 듣기만 할 생각이야."

"주군의 뜻이 그러시다면야."

소 총관은 알겠다는 듯 고개를 끄덕이고 말을 이었다.

"중요한 것은 크게 두 가지가 있습니다. 첫째는 귀주상연 측에서 문제를 해결해 준 대가로 많은 재물을 보내왔다는 거지요."

"듣던 중 반가운 소리군."

소 총관이 직접 많은 재물이라고 표현했을 정도면 정말 많은 금액을 받았으리라.

"그다음은?"

"이건 조금 곤란한 소식일 수도 있습니다만……."

"말해 봐."

어차피 곤란한 소식이든 뭐든 결국 듣고 판단해야 한다는 건 변하지 않으니 말이다.

가볍게 한숨을 내쉰 소 총관이 입을 열었다.

"얼마 전, 명교에서 사신이 왔습니다."

"명교에서?"

명교.

혹은 일월신교라고도 불리는 곳.

그곳은 현 무림 최강으로 일컬어지는 단일 세력이자 연무흔과는 별로 좋지 않은 인연으로 엮인 곳이었다.

'놈들은 음마종을 통해 나를 회유하려고 했으니까.'

당시의 연무흔은 그를 거절했었다.

거절하다 못해 자신에게 술수를 부리려는 음마종의 제

자를 죽이려고 하기까지 했다.

한데 이제 와서 다시 사신을 보냈다라.

"무슨 용건이었는지 말해 주겠나?"

"이야기를 들어 보니 문주님을 찾아온 것 같았습니다. 동맹에 관한 이야기를 꺼내더군요."

"또?"

"예. 아무래도 아직 포기하지 않은 것 같습니다."

"흐음."

연무흔은 턱을 어루만지며 잠시 생각에 잠겼다.

"혹시 서신 같은 것을 남기진 않았나?"

"안 그래도 주군께 드리려고 했습니다. 이걸 받아 주십시오."

소 총관이 공손하게 포장되어 있는 서신 한 장을 건넸다.

연무흔은 서신을 펼쳐 내용을 확인해 보았다.

크게 특별한 건 없고 일월신교와 투신문 사이에 좋은 관계를 유지하고 싶다는 내용이었다.

덤으로 자신들은 투신문 근처의 객잔에 머물고 있겠다는 말까지.

"무시해 봤자 다시 올 가능성이 높겠지?"

"예. 제 생각에도 그렇습니다."

소 총관이 동의한다는 듯 고개를 끄덕였다.

잠시 고민한 연무흔이 말했다.

“조만간 사신으로 온 녀석들을 만나 봐야겠다.”

그렇지 않으면 쭉 자신을 귀찮게 만들 것 같으니까.

‘게다가 슬슬 때가 되기도 했고.’

안 그래도 그는 예전부터 일월신교를 방문할 생각을 가지고 있었다.

‘일월신교는 패왕성의 옛터에 있다고 하니까.’

지금까지는 놈들의 속셈을 알지 못해 일부러 접촉하지 않고 있었다.

혹시나 놈들이 나쁜 속셈을 가지고 있다면, 자신의 실력으로는 빠져나오지 못할 테니까.

하지만 이제는 달랐다. 연무흔은 이미 투신지로의 세 번째 단계에 올랐고, 무림에서도 알아주는 실력을 가지게 되었다.

혹시나 함정에 빠지게 되더라도 충분히 뚫고 나올 수 있게 된 것이다.

‘그러니 이제는 일월신교에 갈 일이 생겨도 상관없겠지.’

물론 일월신교에서 온 사신을 만난다고 그곳에 방문할 수 있을 거라는 보장은 없었다.

하지만 어떻게 될지 모르니, 일단 부딪쳐 보는 게 맞을 터.

“준비해야겠군.”

연무흔은 그렇게 말하며 눈을 빛냈다.

물론 그렇다고 당장 명교의 사신들이 머물고 있다는 객잔으로 출발하지는 않았다.

그러기에는 할 일이 많았으니까.

연무흔은 우선 문주실에 쌓인 문서들을 하나하나 읽어보았다.

대부분의 일은 소 총관이 맡아 처리했지만, 그래도 그의 선에서 해결하지 못하고 올라오는 일들도 꽤 있었다.

'대부분은 사업 쪽 이야기군.'

확실히 문파의 자금을 운용하는 건 그가 혼자서 결정하기는 힘들었을 것이다.

'전문적인 인력을 고용해서 재경각(財經閣)을 하나 만들어야겠어.'

괜히 그런 생각을 하는 건 아니었다.

지금 투신문은 귀주상연을 통해 많은 사업을 벌이고 있긴 하지만, 문파의 자금을 온전히 그들에게만 맡겨 둘 수는 없었으니까.

'아무리 신종산이 확인한다고 해도, 세세한 부분까지 신경 쓸 수는 없겠지. 중간에 저들이 장난을 치고 있는지 아닌지 검증할 사람들이 필요해.'

그를 위한 것이 바로 재경각이었다.

지금까지는 소 총관과 그 휘하의 문도들이 모든 걸 처리했다면, 이제부터는 전문적인 인력에 맡길 생각이었다.

'하는 김에 조직도 개편해야겠군.'

지금의 투신문은 규모에 비해 너무 주먹구구식으로 운영되는 경향이 컸다.

실제로 만들어진 지 얼마 되지 않았는데 급격히 성장한 부작용이었다. 그런 만큼 조직을 정비해 업무 효율성을 높일 필요가 있었다.

'뭐, 그건 차차 하도록 하고…….'

어차피 하루 이틀 만에 끝날 일은 아니니 말이다.

연무흔은 이런저런 서류를 처리하고, 다른 밀린 일을 처리하는 등 바쁘게 시간을 보냈다.

그가 명교의 사신들이 머물고 있다는 객잔을 찾아간 건 결국 나흘이 더 지나서였다.

"여기인가."

그가 도착한 곳은 투신문과 멀지 않은 곳에 위치한 방월객잔이라는 이름의 평범한 객잔이었다.

'시작부터 이런 식으로 반겨 주는군.'

아닌 척하며 이쪽을 힐끔힐끔 바라보는 시선이 상당했다.

객잔 내에 있는 사람들 중 절반은 저쪽에 속해 있다고 생각해도 무방할 정도로.

연무흔은 그들의 시선을 무시한 채 주변을 둘러보았다.

곧 익숙한 얼굴 하나를 찾을 수 있었다.

"또 너인가? 오랜만이군."

"오랜만이에요. 소협."

연무흔에게 인사를 건넨 사람의 정체는 바로 이전에 보았던 음마종의 예화였다.

비록 첫 만남은 좋지 않게 끝났지만 예화의 표정에는 전혀 흔들림이 없었다.

바로 그녀의 옆에 있었던 남자 덕분이었다.

"장영이라고 하오. 그때는 제대로 인사도 나누지 못해서 아쉽군."

장영은 자리에서 일어나서 정중히 포권을 취했다. 연무흔은 그가 누군지 한눈에 알아보았다.

'당시 예화를 구출해서 도망친 녀석이군.'

장영은 당시의 연무흔에게 맞서 도망칠 수 있던 실력자였다.

즉, 상당한 고수라는 소리.

이 정도면 지금쯤 한참 투신문 생활에 적응 중인 남궁천과 비교해 봐도 전혀 밀리지 않는 수준이었다.

어째서 이 정도의 무인이 알려지지 않은지 의아할 정도였다.

하지만…….

"나머지 사람은 소개해 주지 않을 생각인가?"

"……!"

연무흔의 말에 듣던 두 사람이 움찔했다.

"이곳에 깔아 놓은 병력 말고도 함께 온 사신이 한 명 더 있잖아? 예를 들면 저기 있는…… 창수라거나."

"하."

연무흔의 지적을 받은 창수가 헛웃음을 흘렸다.

"어떻게 알았지? 나는 기도를 숨기고 있었는데."

"내가 이쪽으로 오니 주의를 집중하고 귀를 기울이더군."

"그거야 여기 있는 많은 사람들이 하고 있는 거 아닌가?"

"내가 감이 좋아서 말이오. 당신이 여기 있는 사람들 중 가장 강하다는 게 느껴지더군. 그리고 나 정도 되는 사람을 만나러 오는데 저 둘만 보내지는 않을 거라고 생각했지. 그래서 당신이 책임자라고 생각했소."

"허어, 상당히 자신만만하군."

대략 사십 대 초반으로 보이는 창수는 재미있다는 듯 미소 지었다.

"하지만 자신만만할 만해. 그쪽 정도로 젊은 나이에 그런 성취를 이루었다면 당연히 자신감이 넘치겠지."

"그 말은 그쪽이 사신단이 우두머리라는 걸 인정한다는 말이겠지?"

"이렇게 들켰는데 숨겨서 뭐 하겠나. 애초에 흥미본위로 정체를 숨겨 본 것일 뿐이라네."

창수는 자리에서 일어나서 두 사람이 앉아 있던 곳에 합석했다.

"나는 곽염이라고 하네. 자네 말대로 이번 사신단의 책임자지. 하하, 표정을 보아하니 묻고 싶은 게 많은 것 같은데?"

"그건 피차 마찬가지겠지. 그렇지 않으면 이렇게 날 찾아오지도 않았을 테니 말이오."

"하하. 예리한 친구군. 그러네. 본교는 자네에 대해 상당한 흥미를 가지고 있다네."

"흥미라."

연무흔이 짤막하게 중얼거렸다.

"그건 그쪽도 마찬가지인 거 같은데?"

그는 씨익 웃고 있는 곽염을 살폈다.

곽염이 멋쩍게 머리를 긁적였다.

"들켰나?"

"그렇게 투기를 내뿜고 있으면 누구라도 알아채지."

"자네의 감이 좋은 걸세. 실제로 우리 예화를 보게. 무슨 소리를 하냐는 표정이지 않나?"

곽염이 짓궂게 말했다.

당황한 예화가 소리쳤다.

"단주님! 설마 투신문주에게 시비를 건 것인가요?"

"정확히 말하자면 시비는 아니지. 강한 무인을 보면 반응하는 건 무인의 본능 같은 거니. 그렇지 않나?"

"이해하오. 확실히 그런 게 있지."

연무흔은 능글맞게 넘어가는 곽염의 말에 맞장구를 쳐 주었다.

솔직히 상식적이진 않은 광경이었다.

정중하게 예를 차려야 할 사신이 은근한 도발을 하는 거나 마찬가지였으니까.

하지만 연무흔은 신경 쓰지 않았다.

어차피 자기도 명교에 대해 궁금한 것이 많으니 이걸 기회로 많은 정보를 얻어 내려고 했기 때문이었다.

"어때, 마음도 맞은 것 같은데 한 번 가볍게 놀아 보겠나?"

"좋지. 투신문으로 따라오시오."

연무흔은 그렇게 말하며 밖으로 턱짓했다. 곽염이 빙긋 웃으며 자리에서 일어났다.

그 모습을 본 예화와 장영은 머리를 싸맸지만 이미 벌어진 일은 어쩔 수 없었다.

투신문과 일월신교 사이에 때 아닌 비무가 결정되는 순간이었다.

객잔에서 나온 네 사람은 금방 투신문에 도착했다.

소식을 들은 비무대 근처로 사람들이 모였다.

몇몇 이들은 일월신교라는 말에 경악했지만, 정작 당사자들은 크게 신경 쓰지 않았다.

"자네 명성이나 투신문의 규모에 비해 그리 좋은 시설은 아니군. 더 넓히는 걸 추천하겠네."

"안 그래도 그럴 생각이었소. 하지만 요즘 바빠서."

"하하. 들어 보니 확실히 그렇긴 하더군. 특히 수라권종을 봉문시켰다는 사실은 정말 놀라웠어."

연무흔은 조용히 창룡권갑을 끼고 현월도를 들어 올렸다.

"수라권종에 대해 할 말이 있나 보지?"

"있네. 하지만 끝나고 하는 편이 낫겠군."

"구경꾼이 있어도 괜찮겠소?"

"상관없네. 딱히 비밀스러운 무공을 쓰는 건 아니거든. 오히려 자네가 신경 쓰일 텐데 괜찮겠나?"

"투신문의 문도들 중 내 무공을 보지 못한 사람은 손에 꼽소."

이미 연무흔의 투신갑은 그의 상징이 될 만큼 유명했다.

다른 곳도 아니고 투신문이라면 아무런 문제도 없을 것이다.

"그렇다면 시작하겠네."

곽염은 그렇게 말하고 보법을 밟았다.

파앙!

공기 때리는 소리와 함께 그의 신형이 잠시 사라졌다 나타났다.

무시무시한 돌진과 함께 펼쳐지는 찌르기.

단순한 동작이었지만 그만큼 빠르고 위력적이었다. 구경꾼들 중 대부분이 그 움직임을 놓칠 정도였다.

하지만.

카가가강!

연무흔은 언월도로 막는 대신 손등을 치켜들어 곽염의 창날을 빗겨냈다.

창룡권갑이 투신기와 결합해 강철보다 훨씬 뛰어난 방어력을 가지게 한 것이다.

그는 그대로 창을 밀어내고 언월도를 휘둘렀다.

누가 봐도 팔이 통째로 잘려나갈 각도의 일격.

하지만 곽염은 과연 만만한 상대가 아니었다. 즉시 빗겨나간 창을 되돌린 그가 창대를 튕겼다.

쾅!

탄력적으로 튕겨진 창대가 언월도의 옆면을 때리며 각도를 변하게 한다. 연무흔은 즉시 자세를 잡고 다시 한번 참격을 날렸다.

하지만 이어지는 건 그에 맞서 정확히 돌아오는 반격이다.

연무흔은 입가를 비틀며 투신기를 끌어 올렸다.

"이런!"

언월도와 창이 부딪치기 전 안 된다는 걸 깨달은 곽염이 즉시 뒤로 물러났다.

그렇게 벌어진 한 호흡의 차이.

연무흔은 투신갑을 전개하며 그대로 참격을 쏟아 내기 시작했다.

그 파도처럼 쏟아지는 공세에 곽염이 침음을 흘렸다.

"과, 곽 단주님이 저렇게 밀리시다니……."

"듣기는 했지만 정말 괴물이군."

일월신교에서 온 두 사람은 그렇게 말하며 혀를 내둘렀다.

놀란 것은 그들뿐만이 아니었다. 구경꾼들 사이에 섞여 비무를 지켜보던 남궁천은 허탈하게 중얼거렸다.

"나와 싸웠을 때는 정말 한참 봐줬던 것이었군……."

새삼 그들 사이의 격차가 까마득하게 느껴졌다.

남궁천은 주먹을 꽉 쥐고 눈앞에서 펼쳐지는 비무를 눈에 담았다. 이 경험 또한 자신의 것으로 삼아 조금이라도 더 성장하기 위해서였다.

"흐음."

한편, 연무흔은 곽염에게 집중했다.

일월신교에서 온 이 창수는 자신의 공격을 상당히 훌륭하게 막아 내고 있었다.

물론 자신은 이 대치 상황을 뚫어 낼 한 수를 가지고 있긴 했지만…….

'그것은 저쪽도 마찬가지겠지.'

곽염 또한 뭔가 숨기고 있다는 게 여실하게 느껴졌다.

아마 지금의 움직임을 보아하니 그는 방어와 반격에 특화된 무공을 지니고 있을 터.

제대로 된 한 수를 보인다면 당장 제대로 된 반격이 날아오리라.

연무흔은 그것을 각오하고 방어를 뚫을 준비를 했다.

하지만.

"여기까지 하도록 하지."

한참 달아오르던 그 순간 곽염이 창을 내려놓았다.

연무흔은 아쉬운 마음으로 언월도를 내려놓았다.

곽염의 실력은 객관적으로 십연전에서 싸운 수라권종의 고수들과 비교해도 밀리지 않았기 때문이다.

"이 정도면 대화를 나눌 자격은 충분한 거요?"

"자격이야 처음부터 있었지. 애초에 우리가 사신으로 온 걸 생각해 보게. 본교는 자격도 없는 사람에게 먼저 다가가지 않아. 지금의 비무는…… 개인적인 흥미와 뭔가를 확인해 보기 위한 작업이었다네."

"확인?"

"그래."

[자네가 패왕의 진전을 이었다는 사실에 대한 확인 말일세.]

연무흔은 귓가에 들려오는 전음을 듣고 피식 웃었다.

"당황하지 않는군."

"그럴 이유가 없으니까."

연무흔은 진심이었다.

'슬슬 알아보는 사람들이 나와도 이상하지 않다고 생각했지.'

아무리 패왕의 시대에서 수백 년이 흘렀다고 하나, 투신지로는 특징이 너무나 명확한 무공이었다.

그러니 패왕에 대해 아는 사람들은 알아볼 수밖에.

'애초에 숨기지도 않았으니까.'

만약 패왕에 대해 숨기고 싶었다면 이들 앞에서 제대로 힘을 쓰지 않았을 것이다.

하지만 연무흔은 그러지 않았다.

어차피 그래 봤자 언젠가는 들통 날 확률이 높았기 때문이다. 그럴 바에는 처음부터 이렇게 보여 주고 시작하는 게 낫다.

[어떻게 패왕의 무공을 이은 건가? 그의 후손이라도 되나? 아니면 그가 남긴 무공 비급이라도 찾은 건가?]

흥분한 곽염이 빠르게 물었다.

[그건 비밀이오.]

하지만 연무흔은 그가 원하는 답을 주지 않았다.

어차피 자신의 전생이 패왕이었다고 해 봤자 믿지 않을 터.

[그런…….]

"일단 들어가서 이야기하도록 하지."

연무흔은 곽염이 뭐라고 하기 전에 선수를 쳤다.

곽염은 마지못해 고개를 끄덕였다.

어쨌든 자신은 투신문으로 파견된 사신.

결국 목적을 이루기 위해선 투신문주가 하자는 대로 해야 했으니 말이다.

그렇게 응접실로 들어간 후.

"지금부터 할 이야기는 되도록 아는 사람이 적었으면 하네. 부하들을 물려주겠나?"

앞에 따듯한 차 한 잔을 쪼르르 따라둔 곽염이 말했다.

연무흔은 자신을 호위하기 위해 따라온 곽향과 소진호를 바라보았다.

그는 알겠다는 듯 고개를 끄덕이고 두 사람에게 축객령을 내렸다.

문파의 일에 비밀을 만들 생각이 없는 연무흔이지만, 이것은 상대를 위해서였다.

"곽 호법. 진호. 둘 다 나가 있도록."

"하지만 주군……."

"정말 괜찮겠습니까?"

곽향이 진중한 목소리로 물었다.

연무흔은 고개를 끄덕였다.

"나를 믿어라. 내가 어디 쉽게 당할 사람으로 보이나?"

"주군께서 그렇게 말씀하신다면, 알겠습니다."

곽향은 아직 불만인 듯한 소진호를 이끌고 자리에서 나갔다.

큰 응접실에는 이제 연무흔과 일월신교에서 온 사신들만이 남았다.

"요청대로 부하들을 물렸소. 이러면 불만 없겠지?"

"물론이네. 솔직히 자네가 이렇게 순순히 내 부탁을 들어줄 줄은 몰랐는데."

"그쪽이 나를 해치려고 했다면 이곳으로 오지도 않았을 테니까."

만약 그럴 마음이 있었다면 처음 만난 객잔에서 일을 벌였을 것이다.

대답을 들은 곽염이 웃음을 터뜨렸다.

"좋네. 화끈해서 마음에 드는군. 역시 패왕의 진전을 이은 사내라 그런가?"

"패, 패왕이요?"

"단주님. 그게 정말입니까?"

곽염의 옆에 있던 두 사람이 당황하며 물었다.

하지만 곽염은 그들의 말에 대답해 주지 않고 연무흔을 응시하며 말했다.

"그쪽이 내 부탁을 들어주었으니 나도 그쪽에게 먼저 질문할 권리를 주겠네. 번갈아 가면서 질문 한 번씩, 어떤가?"

"좋지. 그럼 나부터 시작하겠소."

연무흔은 제안을 흔쾌히 받아들였다.

그가 진지해진 표정으로 물었다.

"어째서 그대들 일월신교는 패왕의 후예들을 모으고 있는 거요?"

예전부터 쭉 궁금했던 질문이었다.

또 한 번의 질문으로 많은 것을 설명해 줄 질문이기도 했다. 곽염은 바로 대답하지 않고 잠시 뜸을 들였다.

하지만 이내.

"맞서 싸워야 할 적이 있기 때문이라네."

그가 진중한 목소리로 대답했다.

연무흔의 눈빛이 가늘어졌다.

"맞서 싸워야 할 적?"

"질문은 한 번에 하나씩이라고 하지 않았나? 이제 내 차례일세."

곽염은 진지한 표정으로 물었다.

"투신문주. 혹시 본교에 입교해 볼 생각은 없나?"

사실상의 영입 제안이었다.

뜬금없지만 한편으로는 이해가 되었다.

'저들은 내가 가진 패왕의 힘을 탐내고 있는 것 같으니까.'

그래서 이전부터 꾸준히 자신을 노리지 않았던가.

게다가 지금은 곽염을 통해 실력을 확인해 보기까지 했다.

당연히 젊은 나이에 이런 경지에 오른 자신이 탐이 날 터.

하지만 연무흔의 대답은 정해져 있었다.

"없소."

"단호하군."

"나는 일월신교의 이름으로 제일이 되고 싶지 않기 때문이오. 처음 투신문의 이름을 걸고 무림에 나왔으니, 끝까지 투신문주로서 있을 생각이오."

"허어."

곽염은 그 대답에 살짝 탄성을 흘렸다.

감탄했다는 표정이다.

하지만 그가 무어라고 하기도 전, 연무흔이 먼저 선수를 쳤다.

"이제 다시 내 차례군."

"그러네. 뭐가 궁금한가?"

"아까 하던 이야기를 계속 하도록 하겠소. 일월신교가 맞서 싸워야 할 적이 누구요?"

일월신교는 단일 세력으로 이 강호에서 가장 강하다고 평가받는 곳이었다.

한데 그런 이들이 패왕성의 후예들까지 모으면서 상대해야 하는 적이 있다?

솔직히 믿기 어려웠다. 거짓말을 하는 건 아닌지 의심될 정도로.

하지만 곽염은 진지한 표정으로 대답했다.

"곤륜(崑崙)."

"음?"

"그게 우리가 맞서 싸우고 있는 적의 이름이라네. 혹시 들어 본 적 있나?"

연무흔은 잠시 고민하다 대답했다.

"있소. 청해에 있는 산맥 이름이 아니오?"

청해에는 산세가 험하고 평범한 인간은 오르기조차 까마득한 산맥이 있다고 한다.

그래서 신선들이 거하는 곳이라고 불리며 예로부터 수많은 전설의 배경이 되었다고.

한데 그런 곳의 이름을 딴 적이라.

"곤륜은 바로 그 곤륜산맥에 똬리를 튼 조직이라네. 수백 년간 이어져 내려오면서 중원 무림의 뒤에서 암약했지."

"흐음."

"믿기지 않는 모양이지?"

"쉬이 믿을 수 있는 이야기는 아니니 말이오. 당장 증거도 없고."

"하하. 물론 그렇게 느낄 수 있겠지. 하지만 내가 하는 말은 전부 사실이라네. 여기 있는 두 사람이 보증해 줄 수 있지."

연무흔은 곧바로 대답하지 않고 잠시 뜸을 들이다가 말했다.

"수백 년 전부터 존재했다면, 패왕 시대부터 존재했다는 소리요?"

"나도 자세히 아는 건 아니지만 그렇다고 알고 있네. 그 기록은 본교에 있는 비밀스러운 공간에 보관되어 있지."

"궁금하면 일월신교에 와서 확인해 보라는 거군."

"이런, 들켰나?"

곽염이 장난스럽게 웃으며 말했다.

하지만 연무흔은 진지했다. 그는 잠시 눈을 감고 생각에 잠겼다.

'정말로 패왕 시대에 그런 놈들이 존재했다고?'

설마 자신이 존재를 파악하지 못하고 있던 이들이란 말인가?

그게 아니라면…….

-네게 제안할 것이 있다.

문득 머릿속에 적안의 여인의 목소리가 울려 퍼졌다.

연무흔의 표정이 미미하게 굳었다.

만약 그녀가 곤륜 소속의 인물이 맞다면…… 패왕의 잃어버린 기억과 최후는 곤륜과 관계가 있다는 뜻이었으니까.

'이 모든 걸 눈앞의 곽염이 지어 내지 않은 거라면 말이지.'

하지만 그럴 가능성은 한없이 낮았다.

연무흔은 잠시 고민하곤 말을 이었다.

“좋소. 일월신교에 방문하도록 하지.”

“그게 정말인가?”

“단, 지금 당장은 아니오. 우리는 아직 제대로 된 신뢰 관계조차 쌓지 못했잖소?”

그러니 뭔가 줄 게 있다면 달라는 뜻이었다.

연무흔은 조용히 곽염을 바라보았다.

그에 곽염이 헛웃음을 터뜨렸다.

“그렇게 말하니 우리가 아직 새삼 동맹조차 맺지 않았다는 게 생각나는군.”

“애초에 그걸 성사시킬 목적으로 온 것 아니었소?”

“사실 동맹은 핑계고 자네를 회유하러 온 것이었네. 하지만 그냥 동맹을 맺는 것도 나쁘지 않아 보이는군.”

곽염의 표정에 진지함이 떠올랐다.

“어떤가?”

“일단 조건을 들어 보고 싶소.”

“조건이라.”

“동맹을 맺으면 우리에게 무슨 이득이 있는지를 말해 보라는 거요. 그쪽에서 제안한 것이니 준비해 온 것들이 있을 것 아니오.”

“역시 그대도 한 문파의 주인이 맞군. 이런 상황에서 그런 걸 챙기다니."

연무흔이 피식 웃었다.

"말이나 해 보시오."

"줄 수 있는 것이야 많지. 정보, 돈, 그리고 사람…… 하지만 돈은 자네도 많아 보이고, 우리가 보내는 사람은 믿지 않을 테니 정보가 제일 낫겠군."

"정확히 어떤 정보를 줄 거요?"

"이런 건 어떤가? 지금 강호에서 자네를 죽이려고 하는 이들의 동향 같은 것 말일세."

"어떤 놈들이 내 목을 노리는지는 지금도 알고 있소."

"하지만 그들이 어디서 어떤 계책을 꾸미는지는 잘 모르겠지?"

연무흔의 눈에 흥미가 서렸다.

"일월신교는 그걸 안다는 소리요?"

"정확히 다 아는 건 아니고 아는 것만 안다네. 하지만 이것만으로 자네에게 줄 수 있는 가치는 충분하겠지."

"예를 들자면?"

"자네를 죽이려고 하는 혈천교 삼혈성의 행방이라던가."

"흐음."

이것은 꽤나 흥미로운 정보였다.

안 그래도 삼혈성은 언젠가 잡아야겠다고 생각하고 있어서였다.

그런데 그 행방을 알려 주겠다니.

'확실히 도움이 되긴 하겠군.'

때를 잘 봐서 먼저 삼혈성을 공격할 수 있다면 별 피해 없이 그녀를 쓰러뜨릴 수 있을 것이다.

하지만 연무흔은 바로 반응하지 않았다. 이런 때일수록 신중해야 한다는 걸 알고 있기 때문이었다.

"그리고?"

"뭐가 더 필요한가?"

"그것만으로는 모자라오."

"흐, 생각보다 욕심이 많은 친구였군. 뭐 좋네. 만약 동맹을 체결하면 우리가 아는 살막이나 수라권종에 대한 정보도 넘겨주겠네. 어떤가?"

"좋소."

"그렇다면 받아들인 걸로 알겠네."

연무흔이 고개를 끄덕였다.

'당분간 일월신교와 동맹을 맺는 것도 나쁘지 않겠지.'

물론 곤륜에 대한 이야기나, 놈들의 말이 사실인지는 좀 더 알아 봐야 하겠지만…….

일단 정보를 얻을 수단이 늘었다는 것에 의미가 있었다.

게다가 일월신교와 투신문이 동맹을 맺었다는 소식이 알려지면 투신문의 위상도 높아질 것이고 말이다.

"그렇다면 문서를 작성하도록 하지."

연무흔은 응접실 바깥으로 나와 근처에 있던 시종에게 종이와 붓을 가져와 달라고 부탁했다.

그는 시원시원하게 문서를 두 장 작성해 곽염에게 건넸다.

두 사람은 각 서류에 지장을 찍고 하나씩 나눠 가졌다.

"이제 됐군. 앞으로 잘 부탁하겠소."

"이쪽이야말로 잘 부탁하겠네."

두 사람은 짤막하게 인사를 나누고 서류를 각자 챙겼다.

세력끼리 동맹을 맺을 때 하는 연회나 그런 것을 하자는 말도 없었다. 철저하게 실리만 따져서 행동하고 있었기 때문이었다.

빙긋 웃은 곽염이 말했다.

"동맹을 맺었으니 이제 제대로 알려 줘야겠군."

"무엇을 말이오?"

"아까 말한 것 있잖나. 삼혈성의 행방. 그녀는 지금 귀주에 있네. 자네를 죽이기 위해서 계략을 꾸미고 있지."

"호오."

놀라운 정보였다.

설마 다른 곳도 아니고 바로 투신문의 앞마당이라고 할 수 있는 귀주에 숨어 있을 줄이야?

'이건 대범한 건지 멍청한 건지 모르겠군.'

들키면 잡혀 죽을 거라는 걸 뻔히 알 텐데 말이다.

아니면 그것조차 감수할 정도로 복수심이 큰 걸까?

"무슨 계략을 꾸미는지도 알고 있소? 설마 그냥 나를 습격해서 죽인다…… 뭐 이런 건 아닐 테고."

삼혈성은 분명 강하긴 하겠지만 기껏해야 하남에서 봤던 이혈성과 비슷한 수준일 거라고 예상되었다.

그렇다면 연무흔이 당할 가능성은 적었다.

예전이었다면 모를까, 지금 그의 무위는 그녀를 훨씬 뛰어넘었기 때문이었다.

"방심하면 안 되네. 물론 삼혈성 정도가 자네를 죽일 수 없는 건 사실이겠지만…… 그건 그녀 또한 알고 있잖나."

"그래서 나를 죽이기 위한 방법을 물색 중이라는 말이오?"

"그래. 듣기로는 그녀는 다른 사람의 힘을 빌리려고 하고 있다더군."

"다른 사람이라."

아직 남아 있는 혈성들을 말하는 걸까?

하지만 곽염의 반응을 볼 때 그런 건 아닌 듯했다.

"혈성으로 안 된다면 그것보다 강한 인물을 불러오는 게 이치지. 그리고 혈천교에는 그런 인물이 하나 있지 않나."

"설마……."

"그래."

곽염이 진지한 표정으로 말했다.

"삼혈성은 지금 폐관에 들어간 혈천교주(血天教主)를 찾고 있다네."

"혈천교주라."

연무흔이 흥미롭다는 듯 입꼬리를 올렸다.

혈천교주.

본명은 모른다.

아직 강호에 나서지 않았으니까.

'솔직히 존재 자체도 불분명했지.'

지금까지의 혈천교는 혈성들이 나서서 이끌었으니 말이다.

혹자는 그래서 혈천교주가 공석이거나, 혹은 상징적으로만 남아 있는 자리라고 하곤 했다.

하지만 연무흔은 최소 과거에는 그러지 않았다는 걸 알고 있었다.

'패왕시대의 혈천교에는 분명 교주가 존재했으니까.'

물론 결국 패왕에게 쓰러져 패배하긴 했지만, 당시의 혈천교주는 천하제일을 논하기에 부족함이 없는 고수였다.

하지만 수백 년이 지난 현재에는 어떨까.

솔직히 한 번 보고 싶긴 했다.

"그렇게 말하는 걸 보니 일월신교는 혈천교주의 행방을 파악하고 있나 보오?"

"아니, 그렇진 않아요."

은근슬쩍 물었더니 의외의 답이 돌아왔다.

음마종의 예화는 같이 온 두 사람의 눈치를 살피더니 천천히 설명을 시작했다.

"저희가 아는 정보는 혈천교주가 실존한다는 것과, 또 어딘가에 숨어 폐관수련을 한다는 것까지예요. 이것도 겨우 알아낸 정보지요."

"그것만으로도 대단하군."

"그렇죠? 본래라면 혈천교의 고위 간부가 아니면 본래 알지 못하는 정보랍니다."

한 번 칭찬을 해 주니 예화의 어깨가 으쓱 올라갔다.

피식 웃은 연무흔이 물었다.

"하면 삼혈성은 그의 행방을 알고 있다는 소리겠군. 아마 귀주에 있을 확률이 높고 말이야."

그렇지 않으면 삼혈성이 괜히 귀주에 있을 리가 없었다.

아무리 복수가 하고 싶어도 그렇지, 적진 한복판에서 숨어 있는 건 나름의 이유가 있을 테니 말이다.

"좋은 정보를 얻었군. 고맙소."

연무흔은 빙긋 웃으며 인사했다. 그에 곽염 또한 미소를 지으며 인사를 받아 주었다.

"자네의 신뢰를 사기 위해서 이 정도면 싼 거지. 잠시만 기다려 보게, 삼혈성이 정확히 어디 있는지도 파악해서 알려 줄 테니."

"아직 확실하지는 않나 보군."

"그녀도 바보가 아니기에 계속해서 은신처를 옮기고 있

어서 말이야. 어쭙잖게 접근했다간 들켜서 경계심만 살 게 분명하니 조금 더 상황을 지켜봐야 한다네."

"그렇게 자세하게 아는 걸 보면 삼혈성 휘하에 첩자라도 심어 뒀나 보지?"

"글쎄, 어떨까."

곽염이 의미심장하게 웃었지만 답은 나온 거나 마찬가지였다.

그렇지 않으면 이런 고급 정보를 얻을 수는 없을 테니까.

'혈천교 같은 폐쇄적인 집단에 첩자를 잠입시켜 놓다니.'

과연 현 무림의 제일세력답다고나 할까?

일월신교의 저력도 대단하긴 했다.

'적으로 돌리면 확실히 귀찮아지겠어.'

그런 의미에서 지금 손을 잡은 건 꽤 괜찮은 행동이었다.

나중에야 어떻게 될지 모르지만 당장은 이용해 먹을 수 있을 테니 말이다.

연무흔은 그렇게 생각하며 생각에 잠겼다.

'폐관수련에 들어간 혈천교주와 그를 찾아다니는 삼혈성이라.'

아무리 생각해도 결론은 하나밖에 나오지 않았다.

'혈천교주를 찾기 전에 우선 삼혈성을 죽여야겠군.'

연무흔은 일월신교의 사신단을 바로 돌려보내지 않았다.

대신 그들에게 객당을 주고 정중히 대접했다.

어쨌든 그들은 투신문 입장에서도 상당한 귀빈이었기 때문이다. 남들에게 보여 주기 위해서라도 대접에 소홀할 수 없었다.

'물론 그렇다고 우리가 저자세로 나갈 필요는 없지만 말이지.'

연무흔은 문도들에게 일월신교와 동맹을 맺었다는 사실을 알렸다.

대부분의 문도들은 기함했고, 몇몇 문도들은 흥분했다.

"설마 우리가 일월신교의 동맹이 될 수 있다니."

"이게 다 문주님 덕분 아니겠나? 애초에 저들이 온 이유는 문주님을 찾아뵈러 온 것이잖나."

"하긴 그건 그렇지. 참 우리도 복 받았어. 이런 문파에 들어 올 수 있다니."

반응은 대체로 나쁘지 않았다.

무림 최강으로 알려진 일월신교와의 동맹은 듣는 것만으로도 일반 문도들에겐 감탄스러운 일이었기 때문이다.

하지만 몇몇 이들에게는 달랐다.

"주군. 정말로 괜찮겠습니까?"

우려 섞인 목소리가 울려 퍼졌다. 연무흔은 자신을 찾아온 철우를 향해 고개를 갸웃했다.

"동맹 말인가?"

"예. 현재 저희와 일월신교 사이의 전력 차는 상당히 크지 않습니까. 자칫하다간 잡아먹힐 수도 있습니다."

철우는 그렇게 말하고 연무흔의 눈치를 살폈다.

혹시라도 자신의 직언이 너무 불쾌하게 들리지 않았을까 걱정해서였다.

다만 연무흔은 전혀 기분 나쁘지 않았다.

오히려 기꺼웠다.

조직에 있어서는 이런 역할도 반드시 필요했기 때문이다.

"괜찮다. 확실히 그렇긴 하지만 내가 있는 한 일월신교 측 또한 우리를 쉽게 볼 수 없으니까. 게다가 이미 체결된 동맹을 물릴 수는 없잖나?"

"그건 그렇습니다만……."

"그리고 전력 차이가 크면 줄이면 되는 일이야."

"예?"

"안 그래도 슬슬 너희들의 수련을 봐주려고 하고 있었다."

현재 투신문의 많은 문도들은 남궁천을 통해 칠보검을 배우고 있었다.

하지만 간부들이나 각자가 익힌 상승 무공이 있는 문도들은 그들과 다르게 따로 수련을 하고 있었다.

새로운 무공을 익히는 것도 좋지만, 원래 가지고 있던 걸 더 강하게 만드는 게 중요했기 때문이었다.

연무흔은 바로 그런 이들의 수련을 도와주려고 하고 있었다.

스스로에게 맡기는 것도 좋지만 자신이 돕는다면 효율이 배가될 게 분명했으니 말이다.

"너희들이 강해진다면 일월신교와 우리의 격차도 그만큼 좁혀지겠지."

"……!"

"그런 의미에서 철 조장, 연우와 진호, 그리고 비소를 데리고 연무장에 모이도록. 내가 너희의 수련을 봐주도록 하겠다."

"예!"

철우는 반색하는 표정으로 집무실에서 나갔다.

연무흔 또한 하던 일을 멈추고 연무장으로 향했다.

"주군을 뵙습니다."

곧 철우에게 말한 대로 네 사람이 모여 연무흔 앞에 섰다.

연무흔은 척마검을 바닥에 짚으며 말했다.

"철 조장에게 왜 모였는지는 들었겠지?"

"예. 수련을 봐주신다고……."

그렇게 말하는 소진호의 눈빛에는 살짝 의아함이 감돌았다.

지금 모인 네 사람은 사용하는 무공이 전부 다 달랐기 때문이다.

특히 자신의 주무공인 벽력유성탄은 다른 세 사람과 상당히 이질적이었다.

그런데 어떻게 수련을 봐준다는 걸까?

그런 소진호의 생각을 알아챘는지 연무흔이 씨익 웃으며 말했다.

“일단 모두 힘을 합쳐서 덤벼 보도록. 오랜만에 비무나 한 번 해 보자꾸나.”

“네 명이서 한 번에 말입니까?”

“그래. 와 봐라.”

연무흔이 검을 까닥였다.

언뜻 보기에는 너무 오만하다고 생각될 수도 있을 만한 행동.

하지만 그 자리에 모인 네 사람은 전혀 그렇게 생각하지 않았다.

연무흔은 그만한 실력을 갖춘 존재였기 때문이다.

“가겠습니다.”

시선을 교환한 네 사람이 흩어졌다.

파지지직!

가장 먼저 공세에 나선 건 소진호였다.

그는 어디서 주웠는지 뇌전이 담긴 돌덩어리를 있는 힘

껏 집어던졌다.

쾅!

"전력으로 던지지 않았구나. 혹시나 내가 다칠까 봐 그러느냐?"

하지만 그렇게 던진 돌은 허망하게 연무흔의 손에 붙잡히고 말았다.

그는 손에 힘을 주어 돌덩어리를 부숴 버리고 말했다.

"제대로 임해라. 진호야. 그렇지 않으면……."

타악!

연무흔의 신형이 순식간에 소진호의 앞으로 당도했다.

빠악!

"이렇게 될 테니."

"컥!"

검집이 소진호의 복부를 한 번 후려쳤다.

헛숨을 내뱉으며 뒤로 물러나는 소진호.

그리고 그렇게 공격한 틈을 타 양쪽에서 검을 내뻗는 이들이 있었다. 바로 철우와 하연우였다.

"너무 느려. 내가 말하는 순간을 노렸어야지."

하지만 연무흔은 가볍게 뒤로 물러나며 그들의 공격을 피했다.

퍼억! 퍽!

두 사람에게도 검집이 한 번씩 강타했다.

"너도 마찬가지다. 비소."

이어 연무흔은 뒤에서 은밀히 찔러 오는 검을 빗겨냈다.

따악!

하지만 비소는 포기하지 않고 연신 검을 휘둘렀다.

몇 차례나 공방을 주고받았지만 연무흔은 한 발자국도 움직이지 않고 그의 검을 받아 냈다.

"확실히 네 검은 위력적이고 강력해. 하지만 좌수검을 사용하는 주제에 너무 변화가 없고 틀에 박혀 있어."

빠악!

끝내 패퇴한 비소의 손목에 가벼운 타격이 이어졌다.

한 차례의 공방이 끝난 이후 네 사람은 눈치를 보며 연무흔을 둘러쌌다.

연무흔은 그들을 바라보며 기세를 일으켰다.

"훈련이라고 대충 넘기지 말고 제대로 하는 게 좋을 거야."

쿠구구구궁…….

무서운 기파가 사방으로 터져 나갔다.

투신갑이 나타나 연무흔의 전신을 보호했다. 그는 서늘한 눈으로 검을 들어 올렸다.

"전부 나를 죽일 기세로 덤벼."

"……!"

"못 하면 너희들이 죽는다."

네 사람은 침을 꿀꺽 삼켰다.

도저히 저 말이 그냥 하는 말처럼 들리지는 않았기 때문이다.

결국 그들은 이를 악물고 연무흔에게 덤벼들었다.

살아남기 위해서는 어떻게든 성취를 이루어야 했다.

같은 시각.

"왜 안 된다는 거야! 도대체 왜!"

쾅!

분에 못 이겨 자신이 앉아 있던 책상을 내려치는 여인이 있었다.

여인은 바로 혈천교의 삼혈성인 예지화였다.

그녀는 씩씩거리며 방금 있었던 일을 회상해 보았다.

-미안하지만 교주님의 위치는 말씀드릴 수 없소. 그분께서는 현재 대공(大功)을 연마하시는 중이니 그런 사소한 일에 폐관을 깨고 나오실 수는 없소.

혈천교의 이인자이자 교주의 호법을 맡고 있는 일혈성의 말이었다.

그 말을 들은 삼혈성은 분통을 터뜨릴 수밖에 없었다.

그녀는 교주를 한 번 만나 보기 위해 몇 달 동안이나 수

많은 은신처를 뒤져왔기 때문이었다.

'그래서 겨우 찾아냈는데, 고작 그런 이유로 나를 쫓아내? 그놈의 폐관은 대체 언제 끝난다는 거야!'

으득, 하고 이가 갈렸다.

현재 그녀는 원수인 연무흔이 투신문으로 돌아왔다는 소식을 들은 상태였다.

그래서 이제 복수를 할 때가 다가왔다고 생각했다.

그녀 혼자서는 힘들겠지만 혈천교주의 힘을 빌리면 가능할 테니까.

하지만 이렇게 혈천교주가 도와달라는 제안을 거절할 거라고는 상상도 하지 못했다. 폐관수련이든 뭐든 혈천교 자체가 망할 지경인데 이런 식으로 나올 줄 몰랐기 때문이다.

"망할……!"

"끌끌. 아무래도 갔던 일이 잘 안 됐나 보지?"

그때였다.

마치 철을 긁는 듯한 노인의 목소리가 들려온 것은.

"누구냐!"

삼혈성은 즉시 기세를 일으키며 목소리의 주인을 바라보았다. 그곳에는 허리가 굽은 노인이 웃으며 그녀를 바라보고 있었다.

노인을 본 삼혈성이 놀라서 중얼거렸다.

"만독제?"

"끌끌. 삼혈성, 오랜만에 보는구나."

그곳에 있는 건 남만에서 온 고수이자 혈천교의 협력자인 만독제였다.

삼혈성은 여전히 긴장을 낮추지 않고 그를 바라보았다.

'저 늙은이가 왜 찾아왔지?'

본래 시혈독인과 혈독귀를 제작하는 것에만 신경 쓰던 광인이었는데 말이다. 솔직히 그 속내가 전혀 짐작되지 않았다.

"노부가 왜 왔나 궁금한 모양이지?"

만독제는 그녀의 생각쯤이야 다 안다는 듯 끌끌거리며 다가왔다.

"너무 경계하지는 말아라. 노부는 너와 같은 목적을 가지고 너를 찾아온 것이니까."

"같은 목적?"

"그래."

만독제의 눈이 번뜩였다.

"투왕 연무흔을 죽이는 것."

"……!"

"그걸 위해 힘을 합쳐 보지 않겠느냐?"

(패왕전생 7권에서 계속)